E. C. GRENVILLE MURRAY

ES

TRADUCTION

PAR

J. BUTLER

PARIS

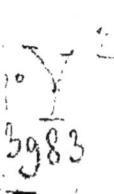

3983

ÉTRANGES HISTOIRES

OUVRAGES DU MÊME AUTEUR

QUI SE VENDENT A LA MÊME LIBRAIRIE

Le jeune Brown, traduit par J. Butler, 2 vol.

La cabale de boudoir, traduit par J. Butler, 2 vol.

Veuve ou mariée? traduit par J. Butler, 1 vol.

Une famille endettée, traduit par J. Butler, 1 vol.

Coulommiers. — Imprimerie PAUL BRODARD.

E. C. GRENVILLE MURRAY

ÉTRANGES HISTOIRES

TRADUITES DE L'ANGLAIS

AVEC L'AUTORISATION DE L'AUTEUR

PAR

J. BUTLER

PARIS

LIBRAIRIE HACHETTE ET Cⁱᵉ

79, BOULEVARD SAINT-GERMAIN, 79

1880

A

MADAME LA COMTESSE D'ALTON-SHÉE

RESPECTUEUX HOMMAGE

L'AUTEUR ET LE TRADUCTEUR.

ÉTRANGES HISTOIRES

LA ROSE MOUSSEUSE

Je vous dirais bien le nom de cet agent de police, mais je l'ai oublié. Tout ce que je me rappelle, c'est qu'après avoir entendu la pauvre petite fille à la rose mousseuse raconter son histoire, il se frappa la tête en homme lassé d'un monde où la destinée peut se montrer si dure pour quelques-uns. Moi, je suivis l'enfant. Elle avait l'œil bleu, des cheveux d'un beau noir; et c'était à deux mains qu'elle portait sa rose à ses lèvres, comme si elle eût eu peur que la brise du matin ne l'enlevât.

« Quelle jolie fleur vous avez là ! » m'é-criai-je.

J'offris de la payer le prix qu'elle en vou-

1

drait. Mais elle s'adossa à la devanture d'une
boutique d'oiseaux empaillés et me regarda
d'un air menaçant.

« C'est la plus belle rose qui ait jamais fleuri,
dit-elle, une rose qui embaume et qui est douée,
en outre, d'un pouvoir merveilleux ; aussi ne
la vendrai-je jamais. »

Et elle se mit à caresser la fleur, comme elle
eût fait d'un oiseau favori allongé sur son
bras.

« Jamais ! repris-je d'une voix si douce qu'elle
parut se demander : Vaut-il mieux que les
autres ?

— Peut-être, fit-elle en se calmant, peut-
être consentirais-je à la laisser tomber pour
que vous la preniez ; mais il faudrait alors
me faire une promesse : celle d'être bon pour
les souris. Elles m'amusèrent, une nuit que
personne ne songeait à s'enquérir de moi. Il
gelait bien fort ce soir-là, et je dormis le long
d'une porte jusqu'à ce qu'un agent, comme
celui de tout à l'heure, vînt me forcer à me
lever. »

Elle cessa de parler et entra, sans doute,

dans la boutique, car je ne la vis plus, ni devant moi, ni à côté; et, quand je regardai les oiseaux empaillés, je leur trouvai des airs bizarres : on eût dit qu'ils riaient de moi. La rose mousseuse, toutefois, gisait à terre; je la pris et la mis à ma boutonnière.

Une souris, à cette époque, habitait dans ma chambre; mais nous n'étions pas en très bons termes. Elle dévorait mes plus beaux livres, et je l'avais même prévenue que, pour peu qu'elle continuât, j'emprunterais un chat à mes voisins, quoique l'introduction de cet animal dans notre petit cercle dût me déplaire autant qu'à elle. Or, loin de tenir compte de mes avertissements, elle avait pris mari; si bien que m'attendant, d'après les précédents en la matière, à me voir envahi par cinq ou six petits, j'avais décidé qu'elle se résignerait à modifier son genre de vie ou à mourir. Pourtant, lorsque j'eus pris la rose de la petite fille, il me sembla que j'étais tenu d'honneur à laisser la souris faire ses volontés, voire à mettre chaque soir un morceau de fromage à sa portée pour qu'elle pût dîner à son aise, elle et ses rejetons s'il en venait.

J'éprouvais d'ailleurs d'étranges sensations, depuis que j'avais cette fleur à mon habit : je me
sentais comme sous le charme de son parfum,
et je vis bientôt qu'autour de moi chacun subis-
sait son influence ; je souriais à tout le monde,
et tout le monde me souriait.

Les objets les plus ordinaires avaient pour moi
un attrait inaccoutumé ; la vie m'apparaissait
sous des dehors nouveaux, et je m'étonnais de
l'avoir parfois trouvée pénible et maussade.
La souris vint à moi, quand j'entrai, d'un air
digne et affable qui semblait vouloir dire qu'elle
était prête à me pardonner ; ensuite, elle alla à
un coin et agita sa queue comme pour m'infor-
mer, par ce signe de joie, que sa délivrance
s'était opérée sans accident. De fait, elle et ses
six petits s'étaient installés dans le fond d'une
de mes bottes et semblaient s'y trouver le mieux
du monde. Je réfléchis un instant ; nous échan-
geâmes un court regard, puis je l'interpellai
presque machinalement.

« Pouvez-vous me dire, heureuse bête, fis-
je, ce qui se passe en moi ? Mon cœur s'ouvre à
des sentiments qu'il n'avait pas connus jusqu'à

présent. Vous êtes la bienvenue au milieu de
mes chaussures et de mes livres, et le buffet, ce
soir même, sera à votre disposition. Si vous
pouvez m'expliquer cette métamorphose, faites-
le, je vous en prie; et, en attendant, défiez-
vous, quand vous visiterez mon placard, de
l'eau-de-vie et des *pickles*, que vous digérez,
dit-on, difficilement. »

La souris m'indiqua par un mouvement,
qu'elle ne refusait jamais de répondre à une
question faite poliment; et sautant sur ma table,
où mon gros dictionnaire était resté ouvert, elle
fit une marque avec ses dents en face de ce
mot : ILLUSION. Ce fut là tout ce que j'obtins
d'elle; elle courut vaquer aux soins de son ménage, et je dus, moi, chercher ailleurs le mot
de mon énigme.

J'interrogeai les marchands de fleurs des
coins de rues, je questionnai des jardiniers, je
consultai de savants horticulteurs. Partout j'obtins la même réponse : « C'est la fameuse rose
de l'illusion; gardez-vous de la perdre ou de
vous en défaire. » Je n'avais nulle envie de
m'en séparer; mais les exhortations de tous ces

gens me rendirent pensif. Alors je me rappelai
ce que la petite fille avait dit des choses surpre-
nantes que sa rose pouvait faire; et, à force d'y
songer, je parvins à deviner que je possédais
une rose dont chaque feuille représentait une
illusion : soit une certaine somme d'espoir et
de confiance.

Raconterai-je maintenant comment, l'une
après l'autre, ces jolies feuilles de la rose mousseuse se détachèrent de leur tige, à mesure que
je prenais de l'âge et que je courais le monde
avec ma fleur à mon habit. Je crois que la première me fut enlevée par un garçon d'hôtel à
qui j'avais demandé une bouteille de bon vin;
il m'apporta un flacon tout poudreux, mais une
feuille tomba près de mon verre et m'avertit
ainsi que je buvais de la piquette. La seconde
s'envola un soir que je causais avec un homme
d'État; il m'exposait sa politique, et j'allais y
applaudir, quand je vis une feuille rouler lentement à mes pieds. Des marchands de tableaux, des actrices que je retrouvais laides et
peintes dans la rue après les avoir admirées à
la scène, des journalistes que je rencontrais

sceptiques et blasés à leurs clubs après m'être
enthousiasmé pour leurs écrits, des gens de
toute sorte et de toute profession achevèrent
d'effeuiller ma rose, les uns en riant, les autres
plus gravement, tous s'étonnant d'ailleurs de
me voir soupirer à mesure que s'effeuillait la
fleur. On vit bientôt en moi un être original,
bizarre, inexplicable; je perdis des amis, et je
n'en fis aucun. Les feuilles, pendant ce temps,
continuaient de tomber, si bien qu'en ce moment il n'en reste plus qu'une; mais elle est là
depuis si longtemps que je me laisse aller à espérer qu'elle y demeurera toujours. C'est une
belle feuille, bien lisse, si fraîche, si parfu-
mée, qu'il me semble que ses sœurs ont dû,
avant de fuir, lui céder de leur senteur et de
leur éclat, pour me consoler de leur absence.
Ma souris est morte il y a des années; ses enfants et ses petits-enfants ont fait de même.
Mais, tout à l'heure, j'ai aperçu une jeune souris
qui pourrait bien descendre de la vieille, et lui
ai demandé quelle illusion représentait cette
dernière feuille de rose qui a survécu aux autres
et qui se tient si ferme sur sa tige.

Avec une courtoisie qui semble être de sa part un héritage de famille, la souris n'a fait, comme son ancêtre, qu'un bond jusqu'à mon dictionnaire et s'est mise aussitôt à ronger une page, juste en face de ce mot : L'AMOUR.

LA ROBE DE SOIE BLEU DE CIEL

Si ces lignes ont la chance de tomber sous vos yeux, madame, vous comprendrez, sans doute, l'émotion que peut causer la vue d'une robe de soie bleu de ciel, toute garnie de dentelle et semée, çà et là, de boutons de roses blanches et de « ne m'oubliez pas ». Celle dont il s'agit ici était exposée à l'admiration des connaisseurs dans la vitrine d'un grand marchand de nouveautés; et, une certaine après-midi, ces connaisseurs se réduisaient à un garçon boucher qui portait des côtelettes chez un client et à une jeune fille de dix-sept ans avec un panier au bras, plein de cols et de manchettes. Le garçon boucher eut vite assez de la robe et

partit, lui et ses côtelettes ; mais la jeune fille
changea lentement de position, afin de mieux
juger des miroitements de l'étoffe dans laquelle
le soleil enfonçait ses doigts d'or, comme pour
s'assurer si elle était du bleu dont est tapissée
la voûte des cieux. Lorsqu'elle eut été, ainsi,
de droite à gauche, elle alla se placer en face de
la robe et poussa un soupir si profond qu'il
amena auprès d'elle un jeune homme qui passait par là, précédé par la fumée de son cigare.

Était-ce un bon ou mauvais sujet ? Je n'en
sais rien, madame. Disons, si vous voulez, qu'il
aimait le beau sous toutes les formes, artifi-
cielles et naturelles. Si bien qu'ayant porté ses
yeux de la jolie lingère à la robe, et de la jolie
robe à la lingère, il dit d'une voix douce :

« Ce costume a juste la couleur de vos yeux,
missy ; il semble fait exprès pour vous. »

La jeune fille le regarda et agita la tête d'un
air de regret.

« Oh ! non, répondit-elle, ce n'est pas pour
moi qu'on l'a fait. »

Et elle changea son panier de côté, pour
délasser le bras qui le portait.

Le jeune homme sourit.

« Et si je vous l'achetais, reprit-il en jetant un coup d'œil sur les vêtements de la lingère : une robe noire, un bonnet et un châle défraîchi. Oui, si je vous l'achetais et si je vous en donnais un autre plus beau encore, quand vous serez fatiguée de celui-là, seriez-vous contente ? Comment vous appelez-vous ?

— Je me nomme Mathilde, mais on m'appelle Tilly, répondit la jeune fille. Et je ne me lasserais jamais d'une si belle robe, » ajouta-t-elle en regardant de nouveau la vitrine, comme si le bleu de la soie et celui de ses yeux eussent été faits pour ne jamais se quitter.

La robe parut lui sourire, et chacun de ses bouquets sembla lui dire : « Ne m'oublie pas, Tilly, ne m'oublie pas. »

« Je vous assure, miss Tilly, fit le jeune homme, que des nuances comme celle-ci ont été inventées exprès pour vous. La nature a tant de mystérieux desseins ! Si vous laissiez là votre panier, nous entrerions dans la boutique. »

Tilly ne savait rien des mystérieux desseins

de la nature; mais elle savait, en revanche,
que ses poignets et ses cols devaient être livrés
à heure dite, en sorte qu'elle hésita sur le seuil
de la porte.

Le pasteur de la paroisse vint à passer à cet
instant. M. Lamb, comme on l'appelait, était
toujours si absorbé par ses méditations sur les
ouvroirs et les bons de pain, qu'il en oubliait
ses chapeaux et ses chaussures, lesquels étaient
perpétuellement dans un état à faire pitié.

« Toujours à l'ouvrage, Tilly, dit-il en recon-
naissant sa paroissienne; mais qui vous retient
là devant cette belle boutique? »

Tilly chercha des yeux le jeune homme, qui
s'était enveloppé dans un nuage de fumée à
la vue du pasteur, et répondit sans se troubler :

« Je causais avec un monsieur qui veut me
faire cadeau de cette jolie robe bleue. »

Le pasteur dressa l'oreille et rappela à lui
ses idées, tout occupées, pour l'heure, par le
point de savoir si certain bon de soupe, dis-
tribué le matin, n'avait pas été donné mal à
propos.

« Je crains, dit-il d'un air encore rêveur, que
cette robe ne vous coûte cher.

— Non, s'écria Tilly avec vivacité, puisqu'on
veut me la donner.

— Il y a des cadeaux qui reviennent bien
cher, et je crois que celui-ci vous coûterait plus
d'une larme, mon enfant, » dit le pasteur, qui
avait quelque peine à chasser de son esprit la
question du bon de soupe.

Et il ajouta vite, pour ne pas abuser de sa
propre attention :

« Si vous voulez avoir une toilette comme
celle-ci, Tilly, soyez charitable envers votre
prochain et travaillez pour vous-même. Oui,
travaillez, » répéta-t-il d'une voix triste, car il
lui était pénible de songer que le bénéficiaire
du bon de soupe mal placé n'aurait pas exploité
la charité publique s'il avait été plus laborieux.

Tilly baissa la tête et alla distribuer ses
manchettes et ses cols. Mais, une fois de retour,
elle se mit à songer, d'abord à son pasteur, ensuite au beau jeune homme qui avait disparu comme par enchantement. C'était, à tout
prendre, une bonne créature, qui travaillait

mieux, surtout moins bruyamment, que ses
compagnes, et qui passait des heures à sa machine à coudre sans faire plus de tapage qu'une
souris. Elle pensait souvent à la robe de soie
bleue. Chaque *tic-tac* de la machine lui rappe-
lait ce mot de « travail », qui, selon M. Lamb,
résumait à lui seul un sûr et prompt moyen de
gagner le beau costume. Elle avait foi dans le
pasteur ; elle se disait que, puisqu'il y avait,
d'après ce digne vicaire, tant de peines en ce
monde pour qui se conduit mal, il devait y
avoir aussi une providence qui récompensait les
bonnes actions. Or quelle récompense pouvait
valoir pour elle le costume bleu ?

Tilly devint donc économe : elle mit de côté
un penny chaque jour, sur les trente-six qu'elle
gagnait, ce qui faisait par an une livre et demie
environ. A ce compte-là et en persévérant, elle
aurait pu avoir la somme nécessaire à l'achat
de la robe (qui ne coûtait pas moins de cinquante guinées) lorsqu'elle aurait atteint sa
cinquantième année, ce qui ne laissait pas que
d'être encourageant. Mais Tilly oubliait qu'elle
était charitable, même plus charitable qu'éco-

nome, et il advint ainsi que ses calculs, souvent, se trouvèrent en défaut. Lorsque la
charité se mettait de la partie, l'économie avait
tort : l'une absorbait ce que l'autre épargnait,
de même que, dans un sablier, le globe d'en
bas reçoit tout ce que contient celui d'en haut.
Quand Tilly avait mis de côté un shilling et
qu'elle rencontrait un malheureux qui avait
besoin de cette somme pour dîner, l'économie
lui disait à l'oreille : « Le pauvre est un gourmand ; ne l'écoute pas. » Mais, en même temps,
la charité reprenait : « Donne-lui un penny. »
Et l'amour-propre ajoutait à son tour : « On ne
demande pas de la monnaie à un pauvre. » Si
bien qu'en fin de compte l'homme emportait le
shilling.

Alors, comme cette pièce qu'elle venait de
donner devait servir à ses dépenses de la journée, Tilly était forcée d'aller à sa tirelire et d'y
prendre de l'argent sur ses économies, non
sans se jurer d'ailleurs de ne plus se laisser
attendrir par les pauvres en quête d'un souper.
Mais, au bout de deux mois, quand la boîte de
Tilly contenait cinq douzaines de gros pence, sa

meilleure amie tomba malade, et le docteur lui
ordonna des fruits, que la jeune lingère s'en fut
acheter. Puis, l'enfant du voisin fit ses dents;
il fallut lui avoir un hochet en ivoire, puisque
tout le monde disait que ça lui faisait mal de
sucer les bouts de bois qui tombaient sous sa
main. Ce fut encore Tilly qui paya. Elle donna
aussi une poupée à une petite fille de sa maison; il fallait bien : c'était sa fête. Elle acheta
du thé pour une vieille femme, des bas pour un
malheureux, et mille autres choses que la charité lui défendait de refuser. Bref, à peine l'économie avait-elle glissé un sou dans la tirelire
que la charité se hâtait de l'en tirer, si bien que
la robe bleue, toute garnie de dentelle, res-
sembla de plus en plus à l'un de ces fantômes
qui se dérobent quand on veut les saisir.

La jeune lingère pourtant ne perdait pas
courage, et, lorsqu'elle rencontrait M. Lamb, ce
digne pasteur tâchait de revenir à lui pour dire
à Tilly : « Travaillez, travaillez toujours, et
surtout soyez charitable. » A quoi Tilly répondait qu'elle travaillait tant qu'elle en était lasse;
et elle souriait alors d'un air triste, comme si

elle eût trouvé que le costume bleu tardait bien
à venir.

Des mois s'écoulèrent ainsi, et après eux
d'autres encore, jusqu'à ce qu'enfin Tilly tomba
malade. L'été était venu, avec ses fruits dorés,
ses arbres verts, ses gazouillements d'oiseaux,
et ce fut par une belle soirée, chaude et tout
embaumée par le parfum des fleurs, que quelqu'un courut chez le pasteur pour lui dire
que « Tilly, malade, demandait à le voir bien
vite. » L'esprit du brave homme errait dans
les prairies où il devait conduire, le dimanche
suivant, les enfants pauvres de sa paroisse;
mais il fut, cette fois, tout à ce qu'on lui
disait.

« Tilly est malade? fit-il d'une voix grave.

— Oui, très malade, » répondit-on.

M. Lamb sortit aussitôt.

Tilly était couchée sur un petit lit blanc, en
face d'une fenêtre ouverte, par où pénétraient
les derniers rayons du soleil couchant. Quand
le pasteur entra, elle lui fit signe de s'approcher,
car elle était si faible qu'elle ne pouvait plus
parler qu'à demi-voix.

« Je vous remercie, lui dit-elle, de m'avoir empêchée d'accepter la robe bleue.

— Vous vous guérirez, Tilly, fit le pasteur, qui n'avait plus maintenant de distractions.

— Je ne crois pas, reprit-elle ; mais savez-vous ce que je pense ? J'espère que j'aurai bientôt le costume bleu. Je vois des formes ailées qui tiennent une robe bleu de ciel, si jolie, si jolie que j'ose à peine compter qu'elle soit pour moi.

— Elle n'est pas trop belle pour vous, » répondit le pasteur.

Elle sourit et ferma les yeux.

Voilà comment la jeune lingère eut la robe de soie bleue.

LE CHIEN JAUNE

On l'eût conduit à l'échafaud qu'il n'aurait pas parlé d'un ton plus pathétique, et je songeai qu'un homme qui s'exprimait ainsi ne pouvait pas manquer de dire la vérité. Aussi suivis-je ses instructions de point en point. Je pris à droite, tournai ensuite à gauche, marchai droit devant moi des heures durant, et arrivai enfin à l'endroit que je cherchais : le grand torrent des rêves, où habite d'ordinaire la *Fille aux yeux moqueurs.*

L'eau tombait en cascade de rocher en rocher et projetait son écume sur un petit garçon assis sur ses talons, un panier près de lui, qui lançait des pierres aux grenouilles sans s'inquiéter d'être mouillé. La *Fille aux yeux moqueurs* était assise sur l'autre rive, riant de voir les grenouilles faire des plongeons pour se dérober aux cailloux, et baignant ses pieds nus dans l'eau claire du torrent. Ses cheveux d'un blond soyeux flottaient sur ses épaules, et sa robe de soie blanche, garnie de franges d'or, laissait voir ses épaules et ses beaux bras potelés. Elle avait, elle aussi, un panier auprès d'elle, un panier soigneusement fermé avec une chaîne et un cadenas d'argent, sur le couvercle duquel elle appuyait le coude comme pour le garder de plus près. En me voyant, elle se leva; et l'enfant, sans cesser son jeu, s'écria en signe de bienvenue :

« Comment, encore un autre?

— Qu'est-ce que vous voulez dire? fis-je en m'appuyant sur mon bâton et en prenant ma gourde, car la marche m'avait donné soif.

— Je m'y connais, allez! reprit-il en riant; ils accourent ici par douzaines, et il faut que je les repêche quand elle les jette à l'eau. Tenez, voici le croc et le bout de cordage avec lesquels je les retire; ainsi, vous ne vous noierez pas.

— Je n'en ai pas envie, mon ami, répondis-je.

— C'est possible, reprit-il ; mais vous connaissez ses conditions. »

J'avouai que, en fait de conditions, je savais simplement que j'avais dû me lever de bonne heure, déjeuner sur le pouce et marcher très longtemps au soleil. Sans me répondre, il prit un gros caillou et le lança si adroitement qu'il atteignit une pauvre grenouille en plein dos. La bête se retourna les quatre pattes en l'air, pour disparaître ensuite à tout jamais.

« Vous êtes cruel, » dis-je.

Mais, pour toute réponse, il tira de sa poche un carnet et fit une croix avec son ongle en marmottant entre ses dents :

« J'en suis à ma quinzième ; maintenant, écoutez-moi bien. »

Il se releva, essuya ses genoux avec ses mains et, d'une voix assurée, me dit les conditions :

« Vous essayerez trois fois de l'embrasser, et, si vous y parvenez, elle vous donnera quelque chose qui est dans son panier, quelque chose de si précieux qu'elle seule, ici-bas, peut faire un pareil don. Mais, si vous échouez, vous serez son esclave pendant six semaines; et il vous faudra jeter des cailloux aux grenouilles avec moi, ou prendre, dans les champs, des papillons pour elle.

— Et si je n'essaye pas de l'embrasser? demandai-je.

— Il est trop tard maintenant, répliqua le bambin; vous êtes venu ici et ferez comme les autres. »

La *Fille* rit de l'autre côté, d'un rire provoquant et gouailleur qui ne présageait rien de bon. Elle s'était armée d'une longue badine et l'agitait devant elle, comme pour m'avertir de ce qui m'attendait.

« Votre nom, belle enfant? lui criai-je en saluant.

— Que vous importe? » fit-elle en continuant de rire.

Et elle prit un air de défi qui signifiait sans doute : « Embrassez-moi si vous l'osez. »

Ici, il faut qu'on sache que, sans être infatué de mon humble personne, je me suis toujours figuré qu'une femme ne pouvait me voir sans

se sentir prête à m'aimer. Je quittai donc mon
havre-sac, mis mon bâton auprès et mon chapeau dessus, pour l'empêcher de s'envoler ;
puis je cherchai des yeux un moyen d'aller sur
l'autre rive.

Trois pierres, que l'enfant me montra, me
permirent d'accomplir ce difficile passage, et je
m'avançai vers la *Fille* en m'efforçant de prendre
mon air le plus avenant. Elle s'enfuit en dan-
sant ; je la suivis de près, et nous fûmes bientôt
vis-à-vis l'un de l'autre, sur la pointe d'un roc
situé juste au-dessus de l'endroit où le torrent
était le plus rapide. Alors elle cessa de battre
en retraite, et l'idée me vint que peut-être elle
n'avait voulu que faire la coquette. Mais, comme
cette impression se confirmait en moi, un coup
de sa badine m'atteignit en pleine figure, et je
me vis en même temps précipité dans dix pieds
d'eau, pêle-mêle avec les grenouilles.

« Vous l'avais-je dit ? » fit le gamin en plan-
tant son harpon dans la partie de mes vêtements
voisine du bas de la taille.

Et il m'attira vers la rive, où j'arrivai meurtri
et confus, pendant que mon chapeau, emporté

par le vent, descendait le courant sans que j'y
pusse rien faire.

Avouerai-je tout de suite que deux fois, coup
sur coup, je fus jeté à l'eau, et que chaque fois
l'enfant m'en retira, avec une habileté qui
montrait qu'il avait l'expérience de la chose ? A
ma troisième chute, la peur me prit. Allais-je
être forcé de faire la chasse aux papillons ou de
lapider des grenouilles pendant six semaines ?

Je me remis en campagne, plus prudemment
qu'auparavant ; mes bottes pleines d'eau faisaient *flou flou* à chaque pas, comme pour se
rire de moi et ajouter à ma détresse.

« Vous êtes bien jolie, lui dis-je en me tenant
à distance respectueuse, mais vous le seriez davantage si vous mettiez vos mains derrière
votre dos, après avoir jeté cette badine.

— Tiens, tiens ! » répondit-elle.

Elle eut un rire si narquois que je m'écriai,
les mains jointes :

« Je me reconnais battu et me déclare prêt à
lancer des cailloux à toutes les grenouilles de
la terre. Seulement, expliquez-moi pourquoi
vous êtes aussi sauvage ? »

Elle sauta en bas de son rocher, jeta au loin
sa houssine et prit un air triomphant.

« Vous êtes maintenant à ma merci, » dit-elle.

Toutefois, ma reddition n'était qu'une ruse,
et, la voyant sans arme, je m'élançai vers elle
et l'embrassai, bon gré mal gré, sur les deux
joues.

« Voilà qui n'est pas bien, » dit-elle en se
rendant.

Mais le bambin cria :

« Si, si, c'est dans le jeu. »

Et il exécuta une cabriole pour nous faire
rire ; car au fond c'était un bon enfant, ayant
des sentiments au-dessus de sa situation et de
son âge.

La *Fille*, elle, me lança un regard courroucé
et eut un tremblement de colère ; puis elle finit
par rire, en haussant les épaules.

« Soit, fit-elle ; j'aurais dû m'attendre à cette
supercherie, étant de longue date édifiée sur la
duplicité des hommes : une autre fois, on ne
m'y prendra plus. Vous, vous avez gagné votre
cadeau ; mais moi je demeure libre de vous
donner ce que bon me semble. »

Et courant à son panier, dont elle ouvrit le cadenas avec une clef d'argent suspendue à son cou, elle en tira un tout petit chien jaune, enveloppé dans des pages d'une revue politique.

« Je le mets là dedans pour le faire dormir, reprit-elle ; mais, à présent qu'il est à vous, n'oubliez pas qu'il aboiera chaque fois qu'il entendra dire un mensonge ou qu'il sentira auprès de lui un livre, un écrit quelconque où la vérité sera violée. Tant qu'il sera avec vous, vous n'aurez pas à craindre d'être jamais trompé ; quand vous aurez assez de lui, vous n'aurez qu'à me le rapporter. Seulement, il faudra m'embrasser pour que je me décide à le reprendre, et je vous préviens, dès à présent, que ça ne sera pas facile, maintenant que je sais de quoi vous êtes capable.

Là-dessus, elle se remit à rire en me présentant le chien, et je lui fis remarquer qu'il était bien petit.

« Oh ! qu'à cela ne tienne, je vais le faire grandir, » dit-elle.

Et, le plaçant sur ses genoux, elle tira successivement chacun de ses membres, qui s'allongeaient comme des télescopes, jusqu'à ce que l'animal fût devenu de la taille d'un caniche ordinaire.

« Est-ce que ma badine vous a fait mal, demanda-t-elle, en me regardant en même temps avec ses grands yeux moqueurs.

— Non, répondis-je avec empressement, » car je tenais à lui laisser une bonne opinion de mon savoir-vivre.

Mais le chien jaune se mit à aboyer, au grand amusement de la Fille, qui me tourna le dos et disparut, et je pus dès lors apprécier la valeur du présent qui m'avait été fait.

C'était effectivement un animal exceptionnel, et je prie le lecteur d'avoir pitié de moi, qui n'ai pas connu une heure de repos depuis que je suis son maître. Il aboie au restaurant, quand le garçon m'apporte ma note ; il aboie quand je règle avec les cochers de fiacre, quand je rencontre quelqu'un et que je me félicite d'avoir eu l'occasion de lui serrer la main ; il aboie plus fort encore, quand mes amis se disent enchantés de me voir. J'ai dû, à cause de lui, me désabonner à

mes revues, et, au seul aspect d'un journal, il
remplit la rue du bruit de ses hurlements. Fu-
rieux, j'ai essayé l'autre soir de le perdre ; mais
un agent de police me l'a rapporté le lendemain et m'a dit qu'on l'avait trouvé sur je ne
sais quel boulevard , faisant un tel vacarme
qu'une réunion politique très importante, qui
avait lieu dans ces parages, avait dû être inter-
rompue et ajournée. Alors, ayant entendu vanter
le désintéressement et la sincérité d'un homme
d'État bien connu pour les jours d'ordre et de
paix qu'il a donnés à son pays, je lui expédiai cet
affreux chien, pensant qu'en pareille compagnie
il serait réduit au silence. Vain espoir ! hier
matin , il m'est revenu par les Messageries,
avec une note disant qu'il avait aboyé du matin
jusqu'au soir.

Qu'en ferai-je maintenant ? Qui veut prendre
mon chien jaune ? Je le cède à bon compte,
même avec récompense, à toute famille honnête qui s'engagera à le garder pendant un an.

NOUVEAU PROVERBE

Quel être singulier que cet employé de la Ville qui avait égaré le cachet de la mairie dans le seau à charbon et qui, un soir à table, mit le sucre dans sa poche, en s'écriant : « N'en parlez pas! » J'en parle, parce qu'à l'époque quelques-uns le soupçonnèrent d'avoir voulu prendre autre chose, et que beaucoup prétendirent qu'il avait perdu ses dents de devant à méditer sur la fortune publique. Pour ma part, je dois dire qu'en mainte circonstance j'ai rencontré en lui un esprit ingénieux, fécond en expédients, et qu'il me donna une certaine fois, le plus obligeamment du monde, des indications... que je ne compris pas.

« Adressez-vous à la dame qui parle grec, ajouta-t-il, voyant mon embarras; vous serez, de suite, mieux renseigné. »

Le grec m'importait peu. Je voulais simplement faire tapisser ma chambre avec un papier particulier, qui eût porté, en guise de fleurs et en grosses lettres, de bonnes et saines maximes propres à élever mon cœur pendant que je m'habillais ou que je prenais, le soir, ma tasse de thé. Mes amis faisaient grand cas des proverbes, et il est hors de doute que nombre d'entre nous resteraient moins souvent blottis au coin de leur feu s'ils songeaient à la pierre qui amassa de la mousse faute d'avoir roulé, tandis que d'autres, peut-être, seraient plus circonspects s'ils se rappelaient que le silence est d'or alors que la parole n'est que d'argent. Un papier recouvert de proverbes comme ceux-là aurait fait mon affaire et m'eût rendu bientôt, je l'espérais du moins, aussi érudit et aussi sage que l'enfant qui savait quel était son vrai père. Mais comment me le procurer?

J'allai chez la « dame parlant grec » et fus introduit dans un salon où, au bout de quelques minutes, une jeune personne de vingt ans, en robe de soie blanche avec une rose à la ceinture, vint me rejoindre.

« C'est sans doute à maman que vous voulez parler, dit-elle. Elle s'est foulé un doigt en prenant tout à l'heure, dans la bibliothèque, un gros volume de vers, et ne peut pas descendre. »

J'esquissai un sourire et répondis très galamment :

« Il est doux de souffrir pour ceux que nous aimons. Si madame votre mère aime les poètes, elle doit bénir son doigt foulé. A quelque chose, d'ailleurs, malheur est bon, car, sans cet accident, je n'aurais peut-être pas le plaisir de voir une charmante personne, faite de poussière comme nous tous, mais de jolie poussière incontestablement.

— Vous êtes bien drôle, fit-elle en me regardant fixement; mais j'ai ouï parler de vous par l'employé de la Ville. Il vient de temps en temps prendre le thé avec nous, et nous avait promis de vous amener un soir, vous et votre album de timbres-poste.

— Je ne possède pas d'album, répliquai-je,
et le but de ma visite est d'obtenir des rouleaux
de papier sur lequel figureraient des maximes
instructives dans le goût de celles-ci : *La colère
est la politesse des rois. — L'exactitude est un accès
de folie,* etc.

— Encore une sottise de l'employé de la
Ville, s'écria-t-elle en joignant les mains! L'autre jour, il annonce qu'il viendra dîner avec un
écrivain célèbre, et quand, dans la soirée, maman prie son convive d'écrire une pensée sur
son album, le voilà qui barbouille en caractères
informes : « Continuez, je vous prie, à vous
fournir chez moi. » C'était le fruitier d'à côté.
Cet être est sans pareil, et je commence à croire
qu'on a raison de dire qu'il devient fou.

— Défiez-vous des on-dit, repris-je senten-
cieusement : le diable, qu'on dit si noir, ne l'est
pas tant qu'on le prétend.

— Qu'en savez-vous? demanda-t-elle en riant;
l'auriez-vous jamais vu? »

La question était embarrassante et me rendit
pensif. On a beau assurer que le diable réclame
sans cesse son dû, comme le commis du per-

cepteur, personne ne l'a jamais même entrevu.
Je m'assis sur le sofa près de la cheminée, et,
ayant engagé la jeune fille en blanc à faire
comme moi, j'enfonçai ma tête dans mes mains
pour méditer plus à mon aise sur le point de
savoir si je prendrais, pour ma chambre, du
papier à fleurs ou à proverbes. De temps en
temps, je dois l'avouer, j'écartais les doigts
machinalement, et chaque fois il me semblait
que ma voisine embellissait à vue d'œil, si
bien que j'en vins à regretter — je ne sais trop
comment — qu'elle eût une mère parlant grec.
Elle paraissait, de son côté, me regarder avec
intérêt, et je ne pus pas me dispenser de songer
quel couple bien assorti nous ferions à nous
deux. Le feu, durant ce temps, pétillait dans
l'âtre; la flamme exécutait ses sarabandes, et
un charbon tout rouge tomba sur le tapis. La
jeune demoiselle eut ainsi l'occasion de pousser
un petit cri d'effroi ; moi, celle de prouver ma
présence d'esprit et mon amour de l'ordre en
prenant les pincettes pour rejeter le tison dans
la cheminée. De part et d'autre, du reste, on fut
romanesque et gracieux ; et, s'il est vrai qu'une

étincelle suffise à allumer un incendie, ce fut
probablement cette bienheureuse flammèche
qui mit le feu à l'éloquence que je déployai
dans le quart d'heure suivant. J'annonçai, pour
conclure, qu'après mûre réflexion je m'étais
décidé à tapisser ma chambre avec les feuilles
du livre de feu La Rochefoucauld, à moins que
je ne trouvasse une femme dont la sagesse sup-
pléerait celle de mon auteur et qui porterait, en
outre, une robe de soie blanche.

La jeune personne rougit et baissa les yeux ;
mais j'avais parlé avec tant de force qu'elle
balbutia presque aussitôt :

« Si j'étais à votre place, je ne ferais pas cela ;
je vivrais seul et sans proverbes.

— Deux têtes valent mieux qu'une, répondis-je. La Rochefoucauld et moi, nous mènerons
plus sûrement notre barque au milieu des
écueils de la vie, que je ne le ferais si j'étais
seul. Est-ce que vous ne croiriez pas aux phi-
losophes ? »

Elle hésita un instant, secoua la tête négativement et reprit en rougissant de nouveau :

« A vous dire vrai, je n'y crois guère, et, si

vous avez fait vos études, vous devez connaître ces deux vers grecs qui donnent à tous vos moralistes la leçon qui leur revient :

Οὐκ ἔργον ἔστιν εὖ λέγειν, ἀλλ' εὖ ποιεῖν
Πολλοὶ γὰρ εὖ λέγοντες οὐκ ἔχουσι νοῦν [1].

Mon parapluie et mon chapeau s'échappèrent de mes mains, et un silence de glace suivit cette citation. Je fronçai les sourcils et la considérai avec effroi.

« C'est donc vous qui parlez grec, et non madame votre mère? demandai-je.

— Maman parle grec, répondit-elle, et nous devons apprendre le turc, l'hiver prochain, *si je n'ai rien de mieux à faire.* »

Que dirai-je de plus? J'étais entré dans cette maison, libre, des proverbes sur les lèvres. J'en sortis tard, dans la soirée, en murmurant une nouvelle maxime qui vaut la peine qu'on la retienne : L'homme propose et... la femme refuse rarement.

1. Il est plus facile de déclamer que de bien agir, car beaucoup de beaux parleurs ont fort peu d'esprit.

LA PIÈCE D'OR

J'ai beaucoup réfléchi aux payements en espèces et à ceux en nature. Quelqu'un qui me devait soixante-dix francs offrit de me payer en me jouant de son instrument soixante-dix heures de suite, sans s'interrompre, ni pour dormir, ni pour manger. Je préférai lui signer une quittance. Mais si Mme Patti m'avait dû de l'argent et qu'elle m'eût proposé de chanter devant moi pendant trois jours, voire avec des pauses de temps en temps pour reprendre haleine ou pour se rafraîchir, j'aurais pu trouver l'arrangement acceptable, — ce qui prouve, soit dit en passant, qu'il n'est point en ce monde de règle sans exception.

Quoi qu'il en soit, je suis d'avis que la question des payements, en espèces ou en nature, est pleine d'anomalies auxquelles il serait bon de remédier. Le mont-de-piété vous prêtera cinquante francs sur une montre plus ou moins bonne; mais offrez-lui en gage une belle-mère parfaite, il vous refusera cinquante centimes. Les usages, cependant, aussi bien que les lois, s'opposeraient à ce qu'on laissât vendre un pareil gage, et, même en admettant qu'un mal-appris quelconque oubliât l'heure du dégagement, le directeur de l'établissement de prêts trouverait, dans la société d'une femme aimable, une ample compensation aux cinquante centimes avancés.

Je songe très souvent à ces choses en flânant dans les bois, lorsque ma pensée se porte sur les mille industries des villes et sur ces innombrables éléments de trafic qui n'ont point encore pris d'extension parmi nous, si ingénieux que nous soyons. Les uns ont des parents de trop, pendant que d'autres sont en quête d'un grand-père. Si les premiers cédaient aux seconds leur excédant de famille, moyennant un prix à débattre, nous serions certainement un peuple plus heureux, — à condition, bien entendu, qu'une loi spéciale viendrait protéger les acheteurs contre les tentatives de falsification, et qu'un beau-père quinteux, podagre, grincheux et le reste, ne pourrait pas se faire annoncer dans les termes consacrés à la douce Revalescière.

Mais ceci me rappelle que j'ai une histoire à raconter. Ce fut un matin, sous le pont de Richmond, que, pêchant à la ligne, j'amenai un gros morceau de papier gris. Il s'était pris dans mon hameçon, et j'allais le rejeter dans la Tamise, quand je sentis qu'il contenait quelque chose de dur : une boîte de carton avec un souverain dedans. Un chiffon de papier enveloppait l'or, et j'y lus, tant bien que mal, que cette livre sterling était exceptionnelle, puisqu'elle ne consentait à être dépensée que dans un but avouable et digne de respect. Si son propriétaire s'avisait de l'employer à des frivolités, comme à encourager de folles entreprises ou à récompenser les premiers venus, la pièce fondait entre ses doigts pour revenir ensuite attendre dans son gilet des occasions meilleures de voir le jour. Son dernier possesseur, disait le bout de papier, l'avait jetée à l'eau certain soir qu'elle avait refusé de contribuer à l'achat de je ne sais quel journal destiné à prôner quelques politiciens, sous couleur d'instruire les masses. Évidemment, cet homme, après pareille boutade, n'avait plus dû avoir qu'une pauvre opinion de son or, et je m'associai à ce sentiment. Néanmoins je le mis dans ma poche, rentrai mes lignes et pris le train de Londres, me promettant de placer cette pièce fantasque dès que l'occasion s'en présenterait.

La première personne que je rencontrai fut un philanthrope de mes amis, en route pour la Chine avec une cargaison de rhum et de petites brochures pieuses. Il me demanda vingt shillings, disant qu'il allait catéchiser des infidèles, et je lui donnai ma pièce d'or; car il faut faire envers autrui ce que l'on souhaiterait qui fût fait envers soi, et je me suis surpris maintes fois à désirer qu'un Chinois de la bonne espèce vînt nous catéchiser, nous autres chrétiens. Deux minutes plus tard, je sentais le souverain dans mon gant, et, en me retournant, je vis le philanthrope qui regardait par terre, croyant l'avoir perdu.

Je poursuivis ma route, et, ayant vu un homme qui vendait dans les rues des chants patriotiques, je me disposai à lui acheter son stock, avec l'arrière-pensée d'en faire don aux écoles nouvelles. Car, songeais-je à part moi, qui peut mieux que ces chants remplacer ces vieilles hymnes que la piété de nos pères enseignait aux enfants et qu'on traite aujourd'hui de ritournelles usées ? Mais il advint encore que cette honnête pièce d'or refusa de souscrire à cette acquisition, et je me vis forcé de reprendre ma promenade, m'arrêtant toutes les dix minutes pour essayer de placer mon trésor. Peut-être rencontrai-je vingt de mes chers concitoyens, occupés à propager des idées neuves, sociales, politiques, financières, religieuses. Tous me confessèrent que vingt shillings leur seraient utiles : et, chaque fois, ma pièce d'or glissa entre leurs doigts. Elle fondait au-dessus des listes de souscription; elle refusait de tomber dans les troncs; elle disparaissait entre les mains les plus vertueuses et les plus pures, pour revenir toujours à mon gilet, où j'eus

peur, un instant, qu'elle ne finît pas se coller
à la doublure comme un morceau de gélatine.

Ce matin, cependant, je l'ai tirée de ma poche et lui ai fait un petit sermon, l'engageant à
être moins austère et à se départir de ses instincts trop casaniers. Mais, tandis que je la
prêchais, un homme vint à passer, qui, d'une
voix nasillarde, annonçait qu'il avait découvert
un nouveau gaz doué de la propriété de provoquer l'hilarité chez tous ceux qui le respiraient
et de les amener, bon gré mal gré, à dire tout
haut ce qu'ils pensent. Je ne crois guère aux
inventions et pas beaucoup, non plus, à la franchise humaine ; aussi donnai-je à l'homme ma
pièce d'or, certain qu'elle l'aurait fui avant qu'il
fût au bout de la rue. Elle ne revint pas cependant, et elle court encore à l'heure qu'il est. Je
m'attends donc à nous voir tous, un de ces
matins, atteints d'une folle envie de rire, et
cette perspective n'est pas sans m'inquiéter. Car
qu'est-ce que deviendraient une foule de gens
et de choses que la vulgaire prudence interdit
de nommer, si l'on se mettait une fois à s'en
moquer et à dire ce qu'on en pense ?

LA PLUME D'OIE

Depuis que j'ai découvert que je pouvais
gagner ma vie en alignant des phrases sur des
feuilles de papier, j'ai rêvé d'avoir une plume
facile. Non pas une plume ordinaire, n'écri-
vant que lentement et après réflexion, mais
une plume courant sur le papier comme un
jockey de steeple-chase. Or j'ai eu plus d'une
fois l'occasion de remarquer que, s'il me vient,
de temps à autre, des idées fantaisistes qui
passent sans que j'y prenne garde, certains de
mes désirs sont plus tenaces et veulent être
exaucés bon gré mal gré. Celui-ci, je le sentais,
était du nombre, et je me rappelai alors le merveilleux présent que m'avait fait, un jour, la
Fille aux yeux moqueurs. Elle m'avait, il est

vrai, jeté trois fois à l'eau auparavant, mais dans mon intérêt sans nul doute. Et, au surplus, avoir une plume qui me gagnerait mon pain et la considération du public valait bien qu'on risquât trois bains pour l'obtenir. L'homme qui s'habitue à raisonner ainsi avec sang-froid verra l'argent affluer dans sa poche, comme la poussière sur les bons livres.

Donc je m'acheminai vers le torrent des Rêves et le retrouvai... là où je l'avais laissé. Ici, la place où la jeune Fille était assise, le coude appuyé sur son panier; là, l'endroit d'où l'enfant jetait des cailloux aux grenouilles; plus loin, la pointe de rocher d'où j'avais été précipité dans le cours d'eau. Mais Elle n'était pas là; et, en rampant à quatre pattes, de pierre en pierre, jusqu'à un grand sapin au tronc duquel était cloué un écriteau, je lus l'avis suivant :

LES DEMANDES DESTINÉES

A LA

FILLE AUX YEUX MOQUEURS

DOIVENT ÊTRE FAITES PAR ÉCRIT ET LAISSÉES AU PIED DE CET ARBRE

ELLE EST ALLÉE VOIR SES OIES

NOTA. — Ceux qui désireraient lui parler n'ont qu'à marcher droit devant eux, jusqu'à ce qu'ils la rencontrent.

Marcher droit devant soi est un renseigne-
ment vague, et je fus sur le point de me décou-
rager ; car si je puis, comme d'autres, faire des
kilomètres pour éviter un créancier, je deviens
avare de mes pas dès qu'il s'agit d'écouter un
sermon ou d'aller recevoir une mercuriale.
Pourtant je poursuivis ma route et atteignis la
prairie aux oies à l'heure où, si j'en juge par
le bruit qu'elles faisaient, ces bêtes répétaient
leurs chœurs. Il y en avait bien un millier ; et,
sur un monticule, abritée par un arbre, j'aperçus la *Fille aux yeux moqueurs* qui me regardait, l'air étonné, comme pour s'enquérir du
but de ma visite.

Elle avait une robe de velours noir, avec des
bijoux en corail, et était en train de manger des
cerises. Je la saluai avec respect, et, la trouvant
légèrement engraissée depuis notre dernière
rencontre, je lui demandai, pour entrer en
matière, si elle s'était mariée.

« Mariée, fit-elle en éclatant de rire. Quelle
singulière idée ! Vous croyez donc que j'aime
la compagnie des hommes ?

— Voilà un pluriel un peu risqué dans la

bouche d'une jeune personne, » répliquai-je.

Et je lui exposai l'objet de ma visite.

« Ah! vous êtes tous les mêmes, s'écria-t-elle. Mais qu'avez-vous fait de mon chien jaune?

— Je viens de l'envoyer à un de nos grands hommes, répondis-je, et auprès de ce personnage qui ne ment jamais, paraît-il, il est à espérer qu'il cessera d'aboyer. »

La Fille sourit.

« Vous aurez la plume d'oie, dit-elle. — Ici, Jenny! »

L'animal ainsi baptisé était une grosse bête grise et blanche, qui sortit aussitôt des rangs en inclinant la tête, pour m'examiner plus à son aise. Ah! quelle vieille oie c'était, et quelle profondeur dans le regard qu'elle jeta sur différentes parties de ma personne, depuis les pieds jusqu'à la tête! Des centaines d'autres oies se pressaient derrière elle, en allongeant le cou vers la place où j'étais, pour me montrer que, en cas d'assaut d'esprit entre Jenny et moi, elles parieraient pour leur collègue.

« Allons, Jenny, reprit la *Fille aux yeux mo-*

queurs, donnez une plume à monsieur, et faites voir que vous êtes une bonne bête. »

Mais un grand bruit se fit dans la prairie. Toutes les oies agitèrent leurs ailes, criant à tue-tête, comme si rien dans mon attitude n'eût pu leur faire prévoir la communication dont elles venaient d'être l'objet ; Jenny sautait d'une patte sur l'autre, comme pour se plaindre du sacrifice qu'on lui demandait. Il fallut que la *Fille aux yeux moqueurs* agitât au-dessus de sa tête la badine qui ne la quittait jamais, pour les déterminer à battre en retraite ; et Jenny s'enfuit si vite qu'elle laissa tomber, de dessous son aile gauche, une belle et longue plume blanche.

La Fille courut la ramasser.

« Elle est superbe, fit-elle en la passant entre ses doigts, et vous avez pu voir que j'ai eu de la peine à l'obtenir. D'ordinaire, mes oies envoient leurs plumes au marché et se partagent les bénéfices, tout se faisant ici en coopération.

— Où est ce marché ? demandai-je.

— Que vous importe ? » répondit-elle avec un geste d'impatience.

Puis elle ajouta :

« Cette plume vient du côté gauche de Jenny, le côté du cœur, comme vous savez, et elle est blanche : symbole de pureté. J'ignore si vos pensées sont honnêtes ou non ; mais vous vous êtes plaint de ne pas les exprimer couramment, et la plume que voici vous permettra d'écrire tout ce qui vous viendra à l'esprit. Vous n'aurez qu'à la laisser faire. Votre style sera brillant, vos idées nettes et spirituelles, vos vues lumineuses, vos raisonnements persuasifs. Seulement, souvenez-vous que vous ne pourrez dire que ce que vous croirez être la vérité.

— Cela va de soi, fis-je en me redressant.

— Je le souhaite, reprit-elle en croquant une cerise. Mais on ne peut jurer de rien, et, si vous vous lassez jamais de cette plume, retournez-la-moi par la poste. Peut-être vous en enverrai-je une autre, si je suis de bonne humeur ce jour-là.

— Allez-vous me chasser encore à coups de baguette ? dis-je en lui voyant faire un mouvement pour se lever.

— Non, reprit-elle en riant ; vous n'en valez pas la peine. Vous partirez quand vous vou-

drez ; mes oies vous escorteront jusqu'au bout
de la prairie. »

Sur quoi elle fit un geste avec sa badine, et
les bêtes se placèrent sur deux rangs, laissant
entre elles un espace vide au milieu duquel il
me fallut passer. Quelle retraite ! Les unes es-
sayaient de me mordre les mollets ; d'autres
s'élançaient à tire-d'aile et me frappaient le dos
avec leurs becs, pendant que Jenny et deux ou
trois de ses amies couraient devant moi, l'air
effaré, en faisant voler des nuages de poussière
qui m'entraient dans les yeux.

Pourtant, j'avais ma plume, et mon premier
soin, en rentrant, fut de la mettre à l'épreuve.
Toutes mes espérances se trouvaient dépassées.
Elle glissait doucement sur le papier, sans s'arrêter jamais ; verbes, substantifs, exclamations,
adjectifs, épithètes heureuses et choisies se ran-
geaient d'eux-mêmes à la place voulue, comme
les soldats d'une armée aguerrie, et en moins
de quatre heures j'avais auprès de moi, sur ma
table : une étude philosophique, un grand article
politique, une nouvelle piquante, enfin les trois
premiers chapitres d'un roman populaire.

« A présent, chez Tander, » me dis-je, en plaçant mes manuscrits dans un panier pour éviter
de les froisser en les pliant.

Une demi-heure plus tard, j'arrivais en voiture chez ce grand éditeur, homme réputé
dans sa partie pour le soin qu'il prenait de
n'offrir au public que des œuvres à sa portée
et à son goût.

« Voilà de la *copie*, et de la bonne, fis-je en
me jetant à son cou, car nous nous connais-
sions depuis longtemps. Vous n'aurez que l'embarras du choix. »

Il ne choisit rien du tout. Il admira mon
style ; il s'extasia sur mes idées ; il était trans-
porté, émerveillé, ébloui, et il se proclama, à
partir de cette heure, mon admirateur convaincu.

« Mais, s'écria-t-il en replaçant mes manuscrits un à un dans le panier, que voulez-vous
que je fasse de tout cela ?

— L'imprimer, répondis-je.

— Jamais ! répliqua-t-il sur un ton indigné,
en prenant une règle comme pour se défendre.
Vous dites qu'il y a des sots dans les bureaux

des ministères; que les familles royales comptent parmi leurs ancêtres de pauvres diables comme nous tous, que le peuple, qui parle toujours de ses droits, ne se soucie guère de ses devoirs, que les trois quarts des femmes portent des faux cheveux, que notre vin est frelaté, que les accidents de chemins de fer proviennent le plus souvent de la lésinerie des Compagnies. Jamais je n'imprimerai ces choses-là.

— Mais ce sont mes opinions, répondis-je en frappant du poing sur la table.

— Cela m'est bien égal, » dit-il.

Et, pour se soustraire à mes instances, il passa dans une autre pièce, dont il ferma la porte au verrou.

Le récit de mes visites chez d'autres éditeurs ne manquerait peut-être pas d'intérêt; mais le peu de place dont je dispose m'oblige à écourter ma narration. Qu'on se contente donc de savoir qu'à la fin de la semaine je renvoyais ma plume d'oie à la Fille du torrent des Rêves, et que, deux jours plus tard, j'en recevais une autre, — une grise cette fois, — « qui devait me servir à écrire tout ce dont je ne croirais pas le premier mot. »

L'avouerai-je ? j'aime mieux cette plume-là. J'ai acquis avec elle quelque notoriété. Tander m'imprime. Mes œuvres se vendent à merveille, et, si je ne craignais d'abuser de vos instants, lecteur, je vous en citerais des passages pour vous faire constater tout le soin que je mets à ne dire au public que ce qui peut lui plaire. Mais, très probablement, vous vous faites apporter mes articles au dessert, avec les confitures et les fondants, en sorte que je n'ai plus rien à ajouter : sinon que, dans le cas où l'envie vous prendrait de m'envoyer un panier de fruits, je suis tout prêt à l'accepter.

LA ROSIÈRE

Elle lavait, accroupie, sur le bord de la Seine, et semblait engagée dans une conversation avec elle-même, quand mon attention fut attirée de son côté par une méchante poupée en bois, avec une couronne de roses blanches sur la tête, qu'elle regardait de temps en temps et dont la pose baroque, à cheval sur une pierre, me fit partir d'un éclat de rire. Elle releva la tête et tourna vers moi, d'un air surpris, ses beaux grands yeux bleu de ciel, les plus beaux, les plus doux que j'aie vus de ma vie. Ses cheveux noirs tombaient en longues boucles sur ses épaules; ses lèvres avaient la fraîcheur de la cerise, ses joues l'éclat d'une rose de mai, et

ses manches retroussées jusqu'aux coudes laissaient voir une peau fine et blanche qu'aurait
pu envier une duchesse.

« Comment vous nommez-vous, mademoi-
selle? lui demandai-je, car les Parisiens sont
curieux, surtout en villégiature, et se laissent
volontiers aller à questionner tout le monde,
comme si de leur répondre était un grand
honneur.

— Isabelle |Brune, fit-elle d'un air maussade
que justifiait d'ailleurs mon entrée en matière.

— Et on vous appelle la Belle-Brune, j'en
suis sûr, ajoutai-je.

— Oui, dit-elle en commençant à rincer son
linge.

— Cela prouve que les gens du |village ont
bon goût, repris-je... Mais, dites-moi, puis-je
savoir ce que c'est que cet affreux mannequin
installé là, à côté de vous? »

Elle eût pu me répondre que ça ne me regardait pas; mais elle se borna à rougir et répliqua
à demi-voix :

« C'est demain qu'on choisit la rosière.

— Et vous êtes sur les rangs?

— Oui, fit-elle; et, quand on aime quelqu'un qu'on veut voir couronner, on prend une poupée qui est censée la représenter; on lui met des roses sur la tête, et on prie la sainte Vierge de faire que ce soit elle qui ait le plus de voix à la réunion chez M. le Maire. »

Je savais que la municipalité de l'endroit se disposait à faire croire aux jeunes filles du voisinage, en couronnant la plus sage d'entre elles, que le monde décerne à la vertu des boucles d'oreilles, des montres en or et des feux d'artifice. Je n'ignorais pas, non plus, que certaines personnes superstitieuses possèdent de merveilleuses recettes pour jouer des tours à leurs ennemis. Mais je ne soupçonnais pas qu'il pût en exister pour faire du bien à ses amis, et, convaincu que Belle-Brune ne priait que pour elle-même, je tirai mon calepin et repris en souriant :

« La Vierge, que vous cherchez à intéresser à votre cause, n'acceptera jamais cette sotte poupée comme une image de vous-même. Veuillez vous asseoir sous cette haie et me permettre de faire votre portrait. Vous lui mettrez ensuite la couronne de roses blanches.

— Vous ne m'avez pas comprise, fit-elle en levant les mains; ce n'est pas de moi, mais de Marie Rougeaud qu'il s'agit.

— Effectivement, je n'y suis plus du tout. Seriez-vous par hasard sur les rangs, sans tenir à remporter le prix?

— Mon Dieu, monsieur, reprit-elle en rougissant, vous me posez des questions embarrassantes. Je ne vous connais pas, au bout du compte.

— C'est vrai; mais je suis discret, soyez-en sûre.

— Eh bien alors, dit-elle en regardant pardessus la haie pour s'assurer que nous étions seuls, je vais vous confier la cause de mon trouble. Je suis presque certaine d'être élue, parce que le maire est mon oncle et que mon fiancé, Claude Riant, est du conseil municipal. Mais Claude sait que je ne mérite pas d'être rosière; et, quand je le lui rappelle, il se contente de me rire au nez, disant que j'aurai la montre tout de même. Or vous savez, monsieur, que, si l'on porte la couronne sans en être digne, il vous arrive toutes sortes de malheurs;

M. le curé l'a encore répété dimanche dernier.
Voilà pourquoi je prie pour la Rougeaud ; elle
soutient son père et ses deux petits frères, et
mérite réellement d'être rosière.

— Cette Marie Rougeaud n'est-elle pas une
grosse fille contrefaite que j'ai rencontrée à
quelques pas d'ici ? demandai-je, intrigué —
voire ému — par l'étrange confidence de la
Belle-Brune.

— Marie n'est pas jolie ; mais elle est venue
me trouver ce matin et m'a offert de me faire
la robe que je porterai le jour de la fête. Ces
choses-là vous vont au cœur, vous comprenez ;
et j'aimerais mieux rentrer sous terre que d'être
couronnée à sa place.

— Et moi, si j'avais voix au chapitre, ajoutai-je, je voterais pour vous des deux mains
après ce que vous venez de me dire. Croyez-en
ma vieille expérience, et acceptez d'être rosière ;
cela ne vous portera pas malheur. »

Sur quoi je pris congé d'elle et m'en allai, non
sans me retourner plusieurs fois pour voir
Belle-Brune debout auprès de la haie, les mains
jointes, le regard vague, cherchant peut-être à

deviner le sens de mes dernières paroles.

Le lendemain, je sus qu'elle avait été élue rosière, même que M. le curé avait fait un saut en l'apprenant; et quelques jours plus tard j'assistais, perdu dans la foule, à la cérémonie du couronnement. Lentement, triomphalement, Belle-Brune descendit la grande rue du village, appuyée sur le bras du maire et précédée par la musique des pompiers. Derrière venait le conseil municipal, avec Claude Riant en tête, rasé de frais et vêtu de neuf; derrière encore, les rosières des années précédentes; plus loin enfin, la foule, poussant des acclamations enthousiastes en l'honneur de l'héroïne de la journée. Mais Belle-Brune était pâle; et, en passant près de moi, elle me regarda d'un air si triste que j'en eus le cœur serré.

Lectrice, n'attendez pas que je décrive la fête; j'entendis bien sauter les bouchons du champagne, et je surpris dans l'air le vol des fusées. Mais le souvenir de la figure pâle et désolée de la Belle-Brune me poursuivait, et je me tins à l'écart des plaisirs. L'heure du départ sonna. Une femme enveloppée dans un manteau, la tête couverte d'un capuchon, marchait devant moi, dans la direction de la gare. Peut-être ne l'aurais-je pas remarquée sans ses petits souliers et un bout de robe blanche qu'on apercevait sous son manteau... En tout cas, je rebroussai chemin et cherchai dans le village la demeure de Belle-Brune.

Tout y était tranquille; mais, à quelques pas de là, la foule entourait une autre maison, et je vis Claude Riant qui gesticulait, l'air effaré, pendant qu'à côté de lui Marie Rougeaud, non moins surprise, montrait du doigt une table où figuraient divers objets. C'était la couronne de Belle-Brune, sa montre, ses boucles d'oreilles et la bourse pleine d'or, déposées pêle-mêle à côté d'un billet où quelqu'un lut ceci :

« Pardonnez-moi, Marie, et prenez tout cela; c'est à vous. J'ai cru que j'allais pleurer dans l'église.

« BELLE-BRUNE. »

Claude Riant et moi fûmes les seuls, sans doute, qui comprirent l'énigme. Belle-Brune ne reparut plus dans le village, et son nom fut rayé de la liste des rosières. Mais quelque chose me dit qu'il est inscrit en lettres d'or, là où le repentir a ses auréoles et ses anges.

LE HABLEUR

Je flânais dans les rues, les mains derrière le dos, selon mon habitude, quand j'aperçus à une fenêtre un homme en bras de chemise, les yeux braqués sur mes talons comme si j'avais perdu une pièce de six pence qu'il espérait s'approprier. Qu'il se trompât, j'en étais sûr; car je porte rarement de pareilles choses sur moi. Aussi, m'approchant de lui avec cette politesse qui est devenue chez moi une seconde nature, je lui demandai ce qu'il avait.

« Ce que j'ai ? fit-il en agitant la tête. Si vous aviez vu votre femme passer devant votre porte, il y a cinq minutes, au bras d'un lancier tout pimpant, je crois que vous ouvririez les yeux à votre tour ! »

Pourquoi? je n'en sais rien. Mais je me sentis pris d'une sympathie subite pour cet individu, et je montai à sa chambre, où, durant deux grandes heures, s'il faut en croire ma montre, laquelle va bien généralement, il me raconta l'histoire de sa vie.

« Ce n'est pas tous les jours, dit-il en débutant, qu'un enfant de dix ans entre dans les affaires. Moi, à neuf ans et demi, je vendais des allumettes aux passants. Elles n'étaient pas à moi, malheureusement. Quelqu'un qu'on appelait mon patron, et à qui je parlais toujours respectueusement, les fabriquait : c'était pour son compte que je les débitais. Un matin, après une nuit de méditation, je lui demandai trois fois plus de boîtes que de coutume; puis j'allai courir la campagne, et mon maître ne me revit plus.

« J'ai toujours aimé la vue de la nature; l'air des champs, l'herbe tendre, me donnent des idées que je n'ai jamais autrement. Sous un hangar, près d'une auberge avec une enseigne jaune sur la porte, j'aperçus des petits fagots de bois blanc, alignés avec un soin qui faisait grand honneur aux gens de la guinguette. J'en pris un et me mis à découper le bois en morceaux de la grandeur d'une allumette, tout en admirant le paysage qui se déroulait sous mes yeux. Cela fait, je continuai à me promener aux environs.

« Des peintres étaient en train de décorer une maison. Je m'assis sur une pierre et mangeai un peu de pain, attendant l'occasion sans m'impatienter ni me plaindre. Peu à peu, ils s'en allèrent dîner, et leurs pots de couleur restèrent à ma portée. Je trempai le bout de mes morceaux de bois dans la peinture; après quoi je les fis sécher au soleil et les mêlai avec mes allumettes. Les apparences trompent, comme vous savez : on eût juré que mes boîtes avaient fait des petits.

« Un peu plus tard, dans la journée, je rencontrai un colporteur dans la poche duquel je trouvai par hasard toute une pelote de ficelle rouge. Je fis des petits paquets avec mes allumettes; elles avaient meilleur air que dans leurs boîtes, et je me promis de les vendre plus cher qu'auparavant, ce qui fut fait. De-

puis, j'ai eu souvent l'occasion de reconnaître
que le faux réussit aussi bien que le vrai, et
c'est là le principe qui me guide en affaires.
Un brave pasteur que je croisai sur la route
m'acheta deux paquets et me donna un shilling.

« — Voilà un bon garçon qui sait gagner sa
vie, dit-il en me tapant sur l'épaule. Continuez,
mon enfant; le travail a toujours sa récompense.

« Je mis la pièce dans ma poche et répondis :

« — C'est vrai !

« — Vous a-t-on baptisé, mon ami? reprit-il.

« — Pour l'honneur du baptême, j'espère
que non, fis-je.

« Il parut étonné et prétendit que, sans
doute, je l'avais mal compris. Puis il ajouta :

« — Vous êtes un bon enfant; persévérez.

« Je le lui promis, et tout fut dit. »

Mon interlocuteur fit une pause, passa sa
main sur son front d'un air pensif et saisit la
bouteille, sur la table entre nous.

« Videz donc votre verre, et prenez-en un autre, dit-il : c'est du vin de ma fabrication.

— Non, merci, » répondis-je.

Il continua :

« Nous étions trois frères vivant dans la montagne, comptant nos gains le soir venu, et unis par les liens d'une étroite amitié jusqu'à ce que l'un de nous fût plus riche que les autres. Ils dirent que c'était moi, et je me suis parfois demandé, depuis, si c'était vrai. Il y a dans ma vie des incidents qui me font réfléchir de temps à autre, quand je suis seul et que je fais ma caisse. J'avais vingt ans à cette époque, et personne ne chantait mieux que moi à l'église.

« — Vous êtes religieux, disaient les gens de l'endroit : vous ne resterez pas longtemps célibataire. La Providence aura soin de vous.

« — Dame ! répondais-je, si je pouvais trouver une veuve avec un sac, je l'épouserais volontiers et monterais alors une boutique d'épicerie.

« La ville que j'habitais était renommée pour sa piété,... et en même temps pour sa saleté.

5

Les hommes étaient généralement bien habillés et avaient des fermoirs en argent à leurs livres de prières. Lorsqu'un d'eux mourait, les maçons lui faisaient une belle tombe et envoyaient la note à la veuve, qui recommençait à se lamenter.

« — Calmez-vous, dis-je à l'une d'elles, qui avait une robe de soie noire garnie de dentelle. Vous lui avez mis du beau marbre : il ne peut pas se trouver à plaindre.

« — Je serai malheureuse tout le reste de ma vie, fit-elle en sanglotant. Voulez-vous prendre quelque chose ?

« Elle tenait un débit de boissons, et je me sentis un tout autre homme lorsque j'eus constaté qu'en moins de vingt minutes elle avait bien vendu une quinzaine de bouteilles.

« — Il y a encore des bons cœurs en ce monde, repris-je. Pas de sucre dans le cognac, s'il vous plaît.

« — J'ai de l'argent à la Banque, dit-elle en serrant des sous dans son comptoir. Qui y veillera maintenant ?

« Profondément ému, je l'assurai que son

argent ne courrait aucun risque tant que je serais
de ce monde. Ceci se passait en avril, le mois
des pluies; nous nous mariâmes en juin, le
mois des fleurs. Ce fut un beau spectacle. Le
fossoyeur en perdit ses cheveux; le sacristain
ne s'en est jamais remis. Je tins le débit de vins
jusqu'à la mort de la pauvre veuve, qui suivit
de près notre union; puis l'établissement vint
à brûler, peu de jours après que j'avais eu l'in-
spiration de le faire assurer pour une bonne
somme. J'échappai à l'incendie, ce qui surprit
désagréablement la Compagnie... mais pas moi.
Je mis mes habits de deuil pour aller toucher
mes cent mille francs et fus assez gêné de me
trouver en face d'un agent de police qui me
questionna sur l'évènement.

« — J'ai mes idées sur vous, dit-il.

« — Vous n'êtes pas le premier, répondis-je.

« Nous causâmes tranquillement des maisons
de détention et des prisons centrales, tout en
nous rendant chez le commissaire, et je songeai
intérieurement qu'il ferait un piètre comique, à
moins de s'exercer pendant longtemps. La
semaine d'après, le tribunal jugea qu'il n'y

avait pas de preuves à ma charge, et la Compagnie d'assurances dut se résigner à me signer
un chèque de cent mille francs. Je vendis les
quelques meubles qu'on avait pu sauver, pris
l'argent de la Banque et m'en allai à Londres
avec deux cent mille francs en poche. Londres
est une grande ville où les épiciers font vite fortune. Je tiens moi-même une épicerie. Vous avez
pu la voir, en entrant, sur la gauche, et, s'il
vous faut jamais de la confiture d'abricots, j'en
ai, ainsi que du sucre et force vins comme celui-
ci. La chance, l'économie, une souscription de
temps en temps aux œuvres patronnées par les
grandes dames, m'ont fait m'élever comme un
bouchon au-dessus du niveau de mes semblables. Je suis marguillier de ma paroisse; j'ai la
place d'honneur à l'église, et, dans le Conseil
de fabrique, c'est toujours moi qui parle le plus
haut. Aussi je m'inquiète peu des inspecteurs
qui prétendent que mes balances ne sont pas
justes et qu'on trouve des morceaux de carotte
dans ma confiture d'abricots. Car, quand un
homme, comme je me dis, est marguillier,
juré, électeur et le reste, à quoi sert d'analyser

sa marchandise? et une carotte de plus ou de moins ne tire pas à conséquence pour ceux qui en ont l'habitude. Voilà mes principes : je ne les cache pas. Parvenu à l'automne d'une vie bien remplie, j'éprouve une douce satisfaction à songer que je ne dois rien qu'à moi-même. Malheureusement je me suis remarié, et ma femme se promène avec un échappé de corps de garde. »

Il soupira à cet instant critique et tomba dans un silence profond, qu'interrompait seulement une marche quelconque qu'il jouait d'un air distrait sur la table. J'entendais au-dessous de moi les clients de la boutique achetant de la confiture, et je rêvais à ces terres fortunées où l'abricot croît à l'abri de tout accouplement fantaisiste. Une mouche se mit à bourdonner, s'abattit sur le fond du verre, où restaient quelques gouttes de vin, et tomba foudroyée. Nous étions là pensifs, dans l'attente du drame dont nous allions, sans doute, être bientôt les témoins. Dans l'escalier, le frou-frou d'une robe se fit entendre; l'épouse infidèle apparut avec du chèvrefeuille à son chapeau; derrière venait le lancier.

« Voici mon beau-frère, dit mon hôte ; per-
mettez-moi de vous présenter à lui. »

La nuit se faisait noire, tandis que je balbu-
tiais :

« Son beau-frère !... Comment... Mais je
croyais... un ravisseur...

— Non, non, répliqua l'homme d'un air
triomphant. Mais parfois je m'ennuie quand je
suis seul, et, dans ces moments-là, j'adore im-
proviser pendant une heure ou deux, en face
d'un étranger. Prenons-nous de la bière ? »

A partir de cet instant, je me sentis moins
d'attrait pour cet individu, et depuis je ne l'ai
jamais revu.

LES DIX PENDULES

On sait qu'Adam mourut âgé de plus de neuf cents ans, du chagrin de ne pouvoir atteindre le chiffre mille. Bien des gens se voient ainsi frustrés dans leurs efforts, et j'en ai toujours eu pitié. L'homme qui essaya de se guérir du mal de dents en se laissant rouler du haut en bas d'une colline, et cet autre, plus candide encore, qui entreprit de raisonner avec sa femme, sont des exemples frappants d'ambitions déçues. Mais il n'est pas, en ce genre, de cas plus remarquable que celui d'un pauvre diable qui courut à la recherche de l'esprit de concorde et qui s'usa à ce métier.

Ce personnage, bizarre mais bien inten-

tionné, s'était dit un matin que nous serions
tous plus heureux, si nous envisagions les évènements sous le même aspect. Il lisait chaque
jour une dizaine de journaux, et de les voir di-
visés sur le moindre incident, au point qu'à
toute question, insignifiante ou importante,
correspondaient immédiatement dix points de
vue, lui semblait un fait regrettable et une
source de confusion.

« La vérité est une, cependant, songeait-il ;
un évènement est blanc ou noir, mais ne peut
pas être en même temps blanc, noir, bleu et le
reste. »

C'était un esprit convaincu. Il communiqua
ses réflexions à divers rédacteurs en chef, qui le
congédièrent poliment, et minuit sonnait aux
horloges voisines quand il se retrouva sur un
square, après une dernière et infructueuse
visite dans les bureaux du *Times*. La lune
brillait ; le ciel était pur, l'air doux. Il fit quelques tours à cloche-pied pour se remettre ; puis,
s'appuyant contre le support d'un bec de gaz, il
cacha sa tête dans ses mains et s'abîma dans
ses pensées.

« Qui êtes-vous, et que faites-vous là? » dit une voix qui semblait partir de dessous terre.

L'homme se redressa et aperçut une ombre avec deux yeux brillants, qui le regardaient fixement.

« Je cherche à répandre l'esprit de concorde, répondit-il sans s'émouvoir, et, si vous pouvez me venir en aide, je vous serai bien obligé.

— Hélas! reprit l'ombre avec un soupir, ces choses étaient inconnues de mon temps. Mais je goûte votre idée d'amener les journaux à n'avoir plus qu'une opinion, et je vous seconderais si je le pouvais.

— Vraiment?

— Oui, continua le spectre en riant d'un rire sec qui montrait que ses mâchoires avaient besoin d'être huilées, votre projet me plaît. C'est une innocente et douce folie, qu'on peut encourager sans inconvénient. Seulement, laissez-moi vous poser une question. Qu'adviendrait-il de vous si les journaux de Londres se mettaient un beau soir à dire, tous en chœur, la vérité sur votre compte? N'avez-vous pas une place à conserver, mon bon ami? N'avez-vous jamais

fraudé la loi, commis une injustice, perçu une
commission aux dépens de votre prochain ?
N'avez-vous rien sur la conscience qui puisse
vous faire craindre qu'on regarde de près dans
vos petites affaires ? Rappelez-vous que, des
institutions qui vous sont chères, pas une ne
resterait debout si la presse s'entendait pour
dire son fait à chacune d'elles, et songez à cela
avant de jouer avec le feu. Qui êtes-vous ?

— Un honnête horloger dont l'industrie
prospère, Dieu merci ! répondit l'homme. Mais
vous ?

— Moi, je suis le spectre qui hante les bureaux de journaux. »

L'horloger n'avait pas peur des revenants,
et celui-ci d'ailleurs était fait comme tout le
monde, hormis qu'on pouvait voir à travers lui,
quand la lumière du gaz venait à l'éclairer. Il
pria l'homme de constater sa transparence, tenant à être pris pour un revenant de bon aloi,
et continua :

« J'ai un intérêt personnel à la réussite de
vos projets, fit-il, car je suis condamné à une
existence vagabonde aussi longtemps que le

Times n'aura pas consenti, durant huit jours consécutifs, à dire la vérité. et rien que la vérité dans ses correspondances aussi bien que dans ses articles, dans ses télégrammes spéciaux et dans ses nouvelles diverses. Il y a des années que j'attends ce résultat sans l'obtenir, et j'avoue que je commence à perdre tout espoir d'y arriver jamais, si simple qu'il puisse paraître. La presse place toujours son intérêt particulier au-dessus des exigences et du respect de la vérité, et je cherche en vain, depuis longtemps, le moindre signe de transformation dans les mœurs de nos publicistes. Néanmoins, je puis vous aider. J'ai à ma disposition un certain nombre d'agents surnaturels, et, si vous savez vous en servir, ce qu'un vivant peut faire mieux qu'une ombre, nous arriverons peut-être, vous à réaliser votre projet, moi à dormir en paix dans mon cimetière. En votre qualité d'horloger, vous avez bien chez vous dix bonnes pendules?

— On n'en trouverait pas de pareilles ailleurs, dit l'homme en se rengorgeant.

— Eh bien ! rentrez chez vous, prenez vos

dix pendules, réglez-les, montez-les et mettez-
les en marche. Le jour où elles frapperont ensemble les heures, les demies et les quarts, ce
jour-là l'esprit de concorde enflammera tous
les journaux de l'Angleterre, les abus fondront
comme la glace devant l'unanimité des blâmes
que la presse dirigera contre eux, et tous les
spectres, du nord au sud, sortiront de leurs
tombes au bruit de cette harmonie. Maintenant, bonne nuit ! »

Et, avec un nouveau rire sec et strident, l'ombre disparut.

L'horloger regagna sa boutique et choisit la
plus belle pièce de son appartement pour y installer ses pendules ; puis il colla sur le socle de
chacune le nom du journal qu'elle devait représenter. Une vieille horloge démodée, allant son
bonhomme de chemin sans se soucier des changements de temps, fut appelée le *Morning Post.*
Une autre, avec un baromètre fixé à son ca-
dran, prit le nom de *Daily Telegraph.* Une troisième, surmontée d'un groupe de danseuses en
jupons courts cascadant devant des douairières,
fut appelée le *Figaro.* Et ainsi des autres. Leurs

tic-tac, leurs sonneries formaient un concert ahurissant, mais l'homme n'y prenait pas garde.

Assis au milieu de la pièce, il épiait anxieusement l'instant où ses dix pendules sonneraient ensemble... et voilà des années qu'il attend en pure perte. Si vous passez devant sa boutique, montez son escalier et regardez par le trou de la serrure. Vous apercevrez un individu. avec un trousseau de clefs dans une main, et un morceau de laine avec une bouteille d'huile dans l'autre. Ses cheveux ont blanchi, sa barbe recouvre sa poitrine, ses oreilles elles-mêmes ont allongé; mais il garde le feu sacré, et il compte encore réussir. Ce jour-là, je vous en préviendrai.

HONNEUR ET BONHEUR

Un honnête homme de père, possesseur de trois fils, les invita un jour à choisir des carrières. Les deux aînés firent des choix convenables ; le dernier, un garçon réfléchi dont on attendait de grandes choses, dressa fièrement la tête et répondit :

« J'aimerais bien à être voleur. »

Le père sourit. Cette vocation bizarre le surprenait ; mais il savait que les parents sages ne doivent pas contrarier les goûts de leurs enfants, et, prenant tendrement les mains du jeune Cartouche :

« Robert, dit-il d'un air pensif, je t'enverrai à Manchester, chez mon vieil ami Farrissey.

C'est un *quaker* très riche et très considéré; tu
seras là à bonne école. »

Robert s'inquiétait peu de l'honorabilité de
M. Farrissey; mais, en entendant dire que l'ami
de son père avait une belle maison de campagne, un verger, une basse-cour, une galerie de
tableaux et une collection de curiosités, il se
frotta les mains et partit, la tête pleine de rêves
de toutes sortes. Ce fut le soir qu'il arriva à
Manchester, à l'heure où M. Farrissey disait la
prière devant ses domestiques, avec une ferveur
qui amenait des gouttes de sueur à son front.
Mrs Farrissey, les mains jointes, répondait
Amen à chaque strophe; et Olive Farrissey, ju-
chée sur une chaise haute, les jambes ballantes,
cherchait à se distraire en faisant des grimaces
quand on ne la voyait pas.

Robert avait alors douze ans, et Olive neuf;
Mrs Farrissey n'avait pas plus de trente ans, et
M. Farrissey se teignait les cheveux avec tant
d'art et de soin qu'il était impossible de deviner
son âge. C'était un vrai ménage de *quakers*,
poussant jusqu'à l'extrême l'austérité qu'affec-
tent les gens de cette secte. Ils ne parlaient

qu'en soupirant des faiblesses des hommes, et se répandaient en pieuses critiques sur les défauts de leurs voisins. Un livre contenait-il un passage ambigu, Mrs Farrissey le découvrait immédiatement, comme certain animal déniche les truffes, et bannissait l'ouvrage de sa maison avec des gestes de dégoût vraiment édifiants à voir. Un journal se faisait-il l'écho de quelque propos galant, tenu au cercle ou dans un bal, M. Farrissey se récriait et adressait une homélie au rédacteur. Tous deux, un soir, avaient quitté le théâtre, choqués par les ébats un peu trop accentués d'une danseuse; et l'on racontait dans la ville qu'ils s'étaient retirés bruyamment d'une exposition de beaux-arts, à cause de certaine statue dont la draperie manquait d'ampleur.

Robert, qui était arrivé à Manchester avec l'espoir d'y cultiver à l'aise son goût pour le bien d'autrui, fut médiocrement satisfait de rencontrer un intérieur aussi sévère. Il s'était figuré que M. Farrissey était un bon vivant, aimant l'imprévu et l'aventure, auprès duquel il se préparerait au genre d'existence qu'il ambitionnait; et la première parole que lui dit le commerçant fut que « l'honnêteté seule procure le bonheur. »

Naturellement, il était encore trop jeune pour être admis à constater les effets de cette maxime dans les bureaux du négociant; mais un professeur fut chargé de l'initier à la pratique du bien, et quand, à la veillée, M. Farrissey lui apprenait la tenue des livres, la leçon était toujours entremêlée de pieuses citations, du genre de celles qui figurent en tête des cahiers d'écriture. Robert se vit joué et se plaignit à son père. Puis, celui-ci s'étant refusé à le rappeler, il commença à ruminer des plans pour arriver à se ménager la carrière de son choix, et, sans un incident qui l'amena à songer qu'il pourrait, après tout, s'entendre avec ses hôtes, qui sait jusqu'où il fût allé ? La chose arriva de cette façon :

M. Farrissey sortit un soir après dîner, dans ses habits de fête, disant qu'il se rendait à une réunion de *quakers* pour la propagation des hymnes du docteur Watt parmi les infidèles; et, de son côté, Robert obtint d'aller voir une lanterne magique qui se montrait tout à côté. Toutefois, il appréciait peu ce spectacle, et, s'étant dirigé vers un café chantant, près du Théâtre-Royal, il aperçut non loin de là, emmitouflé jusqu'aux oreilles, l'honnête M. Farrissey qui descendait de voiture à la porte d'un hôtel, dont l'extérieur coquet tranchait sur les maisons, lourdes et grises, d'à côté.

Robert était déjà un garçon avisé : un facteur qui passait lui dit, pour un shilling, que l'hôte de céans était miss Bella Jigge, une actrice; et il se blottit dans un coin en attendant la fin de l'aventure. Deux heures plus tard, le *quaker* sortait en tapinois; une silhouette de femme paraissait à la fenêtre pour lui faire un petit signe d'adieu... et le maître et l'élève rentrèrent chez eux, l'un s'extasiant sur la beauté des hymnes qu'il avait chantées toute la soirée, l'autre vantant la lanterne magique et la variété de ses tableaux.

A partir de cet instant, Robert sortit souvent le soir, sous prétexte d'aller rejoindre de jeunes *quakers* réputés pour leurs vertus, et les Farrissey se réjouirent de le voir rechercher

cette bonne compagnie. Mais, un jour que le
négociant s'était attardé chez miss Jigge, il
aperçut Robert qui sortait d'un théâtre, et les
conséquences de cette rencontre furent des plus
pénibles pour l'écolier. Une correction sévère
lui fut administrée, et quand le pauvre Robert,
fou de douleur et de colère, se risqua, entre deux
sanglots, à crier en guise de menace le nom de
miss Bella... « Ah! reprit son mentor, la calom-
nie jointe à l'inconduite! » Et la verge retomba
sur son dos, avec un redoublement de violence.

De fait, le châtiment porta ses fruits, et, pendant bien des mois, Robert mit tous ses soins à
en éviter le retour. Quelque temps plus tard
pourtant, étant entré dans le magasin de M. Farrissey, où l'on était en train de peser des bal-
lots marqués « première qualité », le hasard fit
qu'il ramassa un morceau de coton tombé de la
balance et que, l'ayant frotté entre ses mains, il
vit qu'il contenait de la terre glaise.

« Est-ce que ces balles-là se vendent au poids?
demanda-t-il innocemment.

— Oui, monsieur, » dit un homme, en rica-
nant avec les autres.

Cette réponse fit sur Robert l'effet de la semence dans un terrain bien labouré. On lui avait donné des poules, dont il vendait les œufs à la cuisinière des Farrissey avec la permission de ceux-ci. Depuis lors, ces intéressants animaux pondirent avec une régularité merveilleuse; et les gens de la maison en furent si surpris que, ayant fini par surveiller Robert, ils découvrirent qu'il achetait de vieux œufs à la fruitière du coin de la rue et qu'il les revendait comme frais à l'office. De nouveau, l'écolier comparut dans le cabinet du *quaker*, qu'il trouva brandissant la terrible baguette.

« Et votre coton? s'écria-t-il en cherchant à se faire un bouclier de son bras. J'écrirai à vos correspondants qu'il est plein de terre.

— Le cynisme et la menace unis à l'indélicatesse! » fit M. Farrissey hors de lui.

Et pendant cinq minutes son bras s'abattit à coups redoublés sur l'infortuné Robert.

Cette leçon fut la dernière. Robert comprit tous les bienfaits de l'honnêteté et s'appliqua à en recueillir les avantages. Il surprit Mrs Farrissey glissant un petit billet dans le casque

d'un officier de dragons et fit comme s'il n'avait
rien vu. Il reconnut que, dans les comptes de
l'honorable maison Farrissey et Cⁱᵉ, — où il fut
employé un peu plus tard, — deux et deux faisaient trois ou cinq, selon les circonstances et
selon les clients; et il feignit de n'en rien savoir. Peu à peu, il s'éleva dans la faveur de ses
maîtres, fit fortune, épousa Olive et vint s'établir à Londres, où il jouit de l'estime publique.
A l'exemple de son beau-père, il chante des
hymnes le soir lorsqu'il a des loisirs; et il n'est
pas de coton sur les marchés de l'Europe qui
pèse autant que le sien.

« Vous rappelez-vous, Robert, dit M. Farrissey quand il vient voir sa fille et que le maître
et l'élève se retrouvent en tête à tête au coin du
feu, vous rappelez-vous quel mauvais sujet vous
faisiez quand vous arrivâtes à Manchester? Où seriez-vous maintenant si je ne vous avais corrigé?

— C'est vrai, répond Robert sur un ton pénétré. Je vois, par les pauvres diables que j'envoie
en prison quand je siège aux assises, où peuvent conduire les mauvais instincts. »

Et tous deux sourient d'un air pensif.

LA CURIEUSE

Mme Adèle Després était une jeune femme nouvellement mariée, jolie, distinguée, spirituelle, à qui rien ne manquait pour être heureuse. Son mari, Paul Després, avocat de talent et homme d'esprit, raffolait d'elle et s'apprêtait à subir, avec une patience exemplaire, le joug qu'une femme intelligente et aimée doit toujours imposer à l'homme auquel elle passe pour obéir.

Lorsque pourtant ils vinrent, le soir de leur mariage, s'installer dans leur appartement, Paul tint à sa jeune femme un discours à la Barbe-Bleue.

« Ma chère enfant, dit-il, en lui remettant un

gros trousseau de clefs, vous voici châtelaine.
Je ne me réserve qu'une seule chose : la clef
de cette armoire, que je veux seul pouvoir
ouvrir.

— Déjà des secrets entre nous ? fit-elle en
souriant.

— Un secret de peu d'importance et qui, au
surplus, aura une fin, répondit-il. Un jour venant, je compte bien vous montrer le trésor
que j'ai enfermé dans ce meuble.

— Vous me le promettez ?

— A la condition que vous serez discrète et
que vous ne tenterez point de pénétrer ce petit
mystère.

— Ordonnez, mon seigneur et maître, dit-
elle en faisant une révérence. Je ne demande
qu'à m'incliner devant toutes vos volontés. »

Ce n'était pas bien sûr ; mais Adèle avait, en
ce moment, beaucoup trop de choses en tête,
pour chercher longtemps le mot d'une énigme.
A peine sortie d'un pensionnat de Neuilly, le
meilleur pour parler avec le prospectus ; elle
jouissait de son nouveau genre de vie, comme
l'oiseau, délivré de sa cage, jouit du grand air

et du soleil. Tout était plaisir, distraction pour elle ; tout lui était prétexte à amusement. Elle avait, d'abord, à remplir ses devoirs de maîtresse de maison, et ce n'est pas une mince besogne pour une jeune femme que d'apprendre à manier le sceptre de ce petit empire qui s'étend de la cave au grenier et dont les domestiques sont les sujets plus ou moins bien disciplinés. Il faut maintenir l'entente entre la femme de chambre et la cuisinière, refaire les comptes des fournisseurs, arriver à comprendre comment, dans une maison composée de six personnes, on peut atteindre un chiffre de dépenses dont s'enorgueillirait une petite colonie. Tout cela absorbe et prend du temps, surtout quand, comme Adèle, on veut consciencieusement faire son apprentissage.

La toilette a ses exigences, elle aussi. On a beau n'être point coquette, on tient à être bien mise, à faire honneur à son mari ; on aime à étaler toutes les belles choses dont il a rempli la corbeille. Adèle Després avait des robes charmantes, des fourrures, des écrins, et toute une collection de ces nœuds de rubans qu'on lui

avait souvent reproché de trop aimer, à la pen-
sion. Comment ne pas être empressée à se pa-
rer de ces jolies choses? Son mari était fier
d'elle et voulait la mener partout. Ils allaient
au théâtre, en soirée, au bal; dans la journée,
au bois, où Adèle rencontrait constamment
quelques-unes de ses anciennes compagnes qui,
moins bien mariées qu'elle, enviaient son bonheur et le lui laissaient voir. Si je disais, madame, qu'après l'admiration du monde, il n'est
rien qui flatte autant l'amour-propre d'une
jeune femme que l'envie de ses bonnes amies,
peut-être n'oseriez-vous pas me démentir.

L'armoire, dans tous les cas, fut oubliée. Rien
ne passe aussi vite que la lune de miel; il est
peu de temps mieux employé, et plus d'une
année s'écoula sans qu'Adèle songeât au trésor
que son mari tenait sous clef. Convenons d'ailleurs, à la louange de celui-ci, qu'il ne fit rien
pour éveiller la curiosité de sa jeune femme.
Jamais on ne le vit se rendre à sa cachette,
de cet air mystérieux que d'autres auraient pu
prendre pour appeler l'attention sur leur secret;
jamais il n'y fit allusion, et si tout, en ce monde,

n'avait pas une fin, même les lunes de miel, il
est probable qu'Adèle Després se fût résignée,
sans effort, à attendre qu'il plût à son mari de
lui révéler le mystère qui planait, sinon comme
une épée, du moins comme un point d'interro-
gation, au-dessus du foyer conjugal.

Malheureusement, dans les intérieurs les plus
unis, il finit toujours par s'élever des nuages...
grâce au mari bien entendu. Paul aimait toujours autant sa femme; mais il s'occupait plus
de lui, et moins d'elle. Il se prélassait, pour
ainsi dire, dans son bonheur; il y prenait ses
aises, et de plus, car il faut être juste, ses devoirs professionnels, qu'il avait négligés au début de son mariage, absorbaient maintenant
une grande partie de son temps. Adèle, au
même moment, était devenue mère, et tous les
raisonnements de son mari, pour lui démontrer
que le travail est un devoir dont la pratique
entraîne mille préoccupations, étaient sans
prise sur elle, à cette heure où la femme a besoin qu'on redouble de dévouement et de tendresse à son égard. Se croyant négligée, elle se
plaignit, doucement d'abord, plus vivement

ensuite, et comme, à l'issue de ces petites querelles, Paul ne manquait jamais de s'enfermer,
durant dix bonnes minutes, dans la chambre
où se trouvait l'armoire, Adèle finit par être
intriguée.

Que signifiait cela?

Elle se mit à passer et à passer encore devant
le mystérieux placard, comme une chatte autour d'un plat de crème. Que pouvait-il contenir?

A la curiosité succéda la défiance ; à la défiance, une sorte de colère sourde contre cette
méchante porte en planches qui lui dérobait un
secret d'où dépendait, peut-être, le repos de
son avenir. Un jour, elle se fâcha, et de son petit poing elle frappa le panneau; mais le bois
ne rendit qu'un son sec qui ressemblait à un
rire narquois, et en revanche elle se fit mal.

C'était trop fort. Elle prit son gros trousseau
de clefs et les essaya toutes, l'une après l'autre;
aucune n'ouvrait le grand panneau. D'autres
clefs, vieilles, rouillées, qu'elle ramassa un peu
partout, ne furent pas plus heureuses. Un mauvais bout de fer, qu'elle avait trouvé dans le

grenier, ne réussit pas davantage ; et comme
elle le rejetait, rouge, confuse et furieuse de
s'être donné inutilement tant de peine, Paul
apparut à l'autre bout de la chambre.

« Vous m'avez fait peur, dit-elle en trem-
blant ; mais, puisque vous voici, il faut au moins
que vous me serviez à quelque chose. La clef
de cette armoire... voulez-vous me la donner ?

— Vous m'avez promis d'être patiente.

— Ne l'ai-je donc pas été ? Vous ai-je ques-
tionné, pressé depuis un an ? Voyons, soyez
aimable. Ouvrez-moi votre cachette, ou j'en
viendrai à croire qu'elle contient quelque chose
que vous craignez de me laisser voir.

— Vous auriez grand tort ; mais ce qu'il y a
là dedans est beaucoup trop précieux pour que
je le montre ainsi à l'improviste, même à vous.

— Vous me refusez ?

— Encore un peu de patience, vous n'aurez
pas à le regretter.

— C'est bien, » fit Adèle d'un air piqué.

Elle prit une mine si courroucée qu'il fallut que son mari fût bien obstiné ou bien stoï-
que pour ne pas se laisser toucher.

La femme est supérieure à l'homme sur bien des points ; mais c'est surtout lorsqu'il s'agit pour elle d'en venir à ses fins que sa supériorité éclate. Ruse, persévérance, force de volonté, elle sait tout mettre à son service. Il n'est pas de diplomate qui puisse rivaliser avec elle, ce qui, de nos jours du reste, ne signifierait pas grand'chose, s'il n'était pas d'usage de regarder la diplomatie comme la carrière de l'habileté par excellence. Adèle affecta d'être triste, de ne plus parler que par monosyllabes ; son mari s'arrangea pour que, l'après-midi, des amies vinssent la voir, qui la forceraient à se distraire. Elle fit semblant de le bouder ; il feignit de n'en rien voir. Et quand parfois sa moue avait été trop prononcée, il courait encore à son armoire et en revenait tout radieux.

Il fallait en finir et changer de tactique. Là où la ruse avait échoué, un coup d'audace pourrait peut-être réussir. Paul rentrait souvent très fatigué le soir, et ces jours-là, après son dîner, il manquait rarement de faire un somme. Si elle profitait de cet instant pour s'emparer de la clef, pour aller à l'armoire, pour pénétrer

enfin ce malheureux secret qui l'intriguait si
fort? La curiosité est mauvaise conseillère, et
le plan arrêté fut aussitôt exécuté. Mais l'imprévu déjoue parfois les combinaisons les plus
savantes ; et comme Adèle, les yeux brillants,
se précipitait vers le placard, armée enfin de la
bienheureuse clef, un chat, qui faisait son ronron
auprès de la cheminée, sauta en renversant les
pelles et les pincettes et causa une telle frayeur
à la jeune femme qu'elle poussa des cris perçants.

Ce fut son mari qui accourut, et, s'il eût été
plus généreux, le saisissement d'Adèle, sa
honte et son dépit, en présence de l'inutilité
de sa tentative d'effraction, eussent plaidé près
de lui la cause de la « curieuse ». Mais ce
n'est pas à tort qu'on reproche à certains hommes d'être fantasques et entêtés. Paul se borna
à rassurer sa femme et à relever la clef qu'elle
avait laissé tomber dans son trouble ; le lendemain, avant de se rendre à ses affaires, il
l'engagea, avec un flegme imperturbable, à
être plus discrète et plus patiente.

« Patiente ! fit-elle lorsqu'il fut parti ; se
moque-t-il de moi ? »

Elle eût mis le feu à la maison « plutôt que
de passer un jour de plus dans l'ignorance de
tout ce qu'on lui cachait ». Elle courut chez sa
mère pour lui dénoncer son mari, « qui ne l'aimait plus, disait-elle, qui avait une cachette où
il mettait elle ne savait pas quoi, mais certainement des choses qu'il ne pouvait montrer. »

La bonne dame n'en revenait pas. Elle affec-
tionnait son gendre ; elle l'estimait surtout ;
elle répugnait à croire tout ce que lui racontait
sa fille. Mais la jeune femme était si catégorique,
elle se montrait si agitée, si désolée, qu'il lui
fallut bien consentir à l'accompagner chez elle
et à assister à l'ouverture de l'armoire, qu'un
serrurier devait venir forcer dans la journée.

L'homme arriva en même temps que les deux
femmes et fut mis aussitôt en face de la porte
qui défiait depuis si longtemps les efforts
d'Adèle Després.

« C'est une serrure de sûreté, madame, dit-il
après un rapide examen.

— Qu'importe ! Ouvrez-la tout de même :
vous avez carte blanche, fit Adèle.

— Mais il faut la briser ?

— Brisez-la !

— Ah ! c'est vraiment dommage , reprit l'homme. Une si jolie serrure ! »

La jeune femme frappa du pied. L'ouvrier comprit qu'il n'avait plus qu'à obéir, et une vigoureuse pesée qu'il exerça sur un ciseau introduit entre la serrure et le montant fit voler le panneau en éclats.

Adèle et sa mère se précipitèrent en même temps.

L'armoire était vide !

« Ton mari s'est moqué de toi, ma chère enfant, » dit la mère à sa fille.

Mais celle-ci n'était pas disposée à se contenter de cette explication. Elle demanda au serrurier son mètre; elle le déplia, prit des mesures à droite, à gauche, en haut, en bas, en long et en large, et finit par conclure à l'existence d'un double fond.

Elle avait raison. Il y avait un double fond, mais il fallut plus d'une heure pour découvrir le bouton qui faisait jouer le couvercle, et, lorsqu'on l'eut enfin trouvé, ce ne fut qu'un coffret en acier qui apparut au fond de la cachette.

7

Un coffret fermé à triple tour, et si solide-
ment encore qu'il fallut le briser pour en avoir
raison. L'homme suait à grosses gouttes. Adèle,
pâle, agitée, attendait avec anxiété l'issue d'une
aventure d'où dépendait peut-être le bonheur
de sa vie.

Qu'elle avait tort, pourtant, de s'émouvoir
ainsi ! Car enfin, que vit-elle au fond de ce coffre-
fort ?

Son portrait, tout simplement.

NIGAUDINOS

———

Dans une nuit de gaieté, entre deux flacons
de champagne et une boîte de cigarettes turques, naquit le conte unique appelé *Nigaudinos*.
La plume de l'auteur courait sur les feuillets ;
les feuillets couraient sur la table. Lui-même
courut chez l'imprimeur, dès qu'il eut mis le
point final ; et, quelques jours plus tard, la
chose paraissait sur du beau papier blanc,
épais, satiné, avec de grandes marges bien
larges... pour faire croire au public qu'il en
avait pour son argent.

Jusque-là, le signataire de cet écrit célèbre
avait vécu paisiblement, collectionnant des
timbres-poste ou effilant de la soie pour sa

grand'mère. Maintes fois, il avait fait son
devoir de chrétien en renonçant aux œuvres de
Satan, pour le compte d'aimables poupons qui
lui étaient d'ailleurs parfaitement inconnus, et
il portait un parapluie, comme tout le monde,
les jours d'orage. Lorsque *Nigaudinos* parut, il
fut le premier à le lire et à rire; puis, s'étant
souvenu qu'il en était l'auteur, il devint sombre
et soucieux.

Car c'était, avant tout, un esprit positif, qui
sentait que le mérite de sa composition revenait au champagne et aux cigarettes plus qu'à
lui-même; seul, il n'eût jamais imaginé une
pareille œuvre. Tel chapitre trahissait l'inspira-
tion d'un vin mousseux; tel autre, celle du
tabac turc; il ne se retrouvait dans aucun.
Même il y avait des paragraphes qui choquaient
tellement ses principes, qu'il écrivit à l'éditeur
pour le prier de coller sur la couverture de
l'ouvrage une bande de papier avec ces mots :
« *Dicté par deux flacons de champagne à un écrivain qui en désavoue une partie.* » L'éditeur refusa; le livre continua à faire son chemin;
l'auteur goûta des charmes de la célébrité.

C'est une chose bizarre qu'en ce monde grands et petits ne puissent lire un pamphlet, ou une œuvre de critique à l'adresse des sots, sans s'imaginer qu'on les vise. Nombre de personnages crurent se reconnaître sous les traits de *Nigaudinos;* leurs amis, consultés sur ce point délicat, déclarèrent le doute impossible, et le collaborateur des deux flacons de champagne fut l'objet de poursuites devant les tribunaux.

En vain voulut-il s'expliquer. Les explications échouent devant les faits, et c'était un fait manifeste que le chapeau de *Nigaudinos* coiffait à merveille certaines têtes, aussi honorables qu'honorées. Son histoire des bouteilles et des cigarettes turques n'améliorait même pas sa situation. Le champagne peut pousser à se jeter dans la Tamise, ou à faire la cour à une femme déjà mûre, sans avoir pour cela la moindre vertu littéraire. Ainsi bafoué, traqué, renié par toutes ses connaissances, le malheureux n'eut plus d'autre ressource que de coller des timbres et d'étirer des soies, depuis le matin jusqu'au soir.

Or une jeune personne le voyait, de sa fenêtre, se livrer à ce passe-temps, et finit par s'intéresser à son travail. C'était une belle et douce
jeune fille, à l'œil bleu, aux cheveux noirs,
qui croquait des dragées en lisant un roman, à
côté de son tuteur : personnage à lunettes,
qu'on apercevait devant un bureau, plongé
dans des études philosophiques. Il s'éprit de
cette beauté. Deux timbres japonais qu'il lui
lança, furent le premier gage de sa tendresse.
Quand il se sépara, en sa faveur, de l'unique
timbre nègre qu'il possédait, elle sentit qu'elle
avait trouvé en lui un cœur prêt à tous les sa-
crifices.

« Tiens ! tiens ! s'écria-t-elle lorsqu'il lui dit
son nom, en lui demandant de l'épouser, vous
vous appelez comme l'auteur de *Nigaudinos*.
Seriez-vous donc parents ? »

Il porta sa main à ses lèvres et répondit en
soupirant :

« C'est moi qui ai fait ce livre-là.

— Vous ! » reprit-elle, l'air indigné, pendant
que les doigts roses qu'il venait de baiser
s'abattaient sur ses deux joues.

La scène fut pénible. Le tuteur, au bruit du soufflet, accourut armé d'un couteau à papier.

« Avoir écrit cette infamie, avoir tourné en ridicule un système auquel j'ai consacré toute ma vie, et oser se présenter chez moi, faisait-il en brandissant son instrument !

— Rendez-moi mes timbres, » dit le malheureux d'une voix piteuse.

Et il s'esquiva dans la rue.

Quelqu'un qui passait par là s'émut de sa démarche chancelante et s'approcha de lui pour le soutenir. C'était un électeur influent, connu dans le quartier pour avoir patronné avec succès diverses candidatures législatives; l'infortuné lui fit sa confession. Il parla des deux bouteilles de champagne; il avoua les avoir vidées jusqu'au fond; il s'accusa d'avoir fumé trop de tabac d'Orient, et entama enfin le chapitre lamentable des tribulations de *Nigaudinos*. Mais à peine avait-il articulé ce mot, que son interlocuteur devint pourpre et prit une attitude de défi :

« Ah ! c'est vous, misérable, qui vous êtes

permis de me ridiculiser. Que vous ai-je jamais fait? De quel droit venez-vous dire que ma conduite est celle d'un ambitieux ou bien d'un niais? »

L'injustice, le malheur grandissent l'homme de génie; celui-ci fut à la hauteur des évènements. D'abord, il s'enfuit à toutes jambes devant les menaces de l'électeur; ensuite, il fit sa malle et visita l'Europe. Il alla à Madrid, à Vienne, en Italie; ce ne fut que longtemps plus tard qu'il se décida à revenir... un soir d'hiver, à cette heure discrète où l'on allume les becs de gaz. Ah! les étranges choses qui l'attendaient.

Un ancien ennemi, qui l'aperçut à travers les glaces d'un café, courut à lui et se jeta à son cou :

« Vous savez, le vieux bouffi, que vous avez si bien arrangé dans votre *Nigaudinos*... eh bien! il est mort depuis six semaines, et c'est moi qui ai eu sa place. Allons prendre quelque chose. »

Un autre lui prit les mains et les serra avec transport :

« Venez dîner chez moi. Mon oncle... vous vous souvenez... celui dont vous fîtes le portrait dans votre conte... n'a jamais pu surmonter ce coup. Il est mort l'an dernier, et j'ai hérité de sa fortune. Ma femme vous bénit tous les jours. »

Un troisième lui siffla la valse de *Nigaudinos*, composée en son absence. Un quatrième lui proposa de faire son portrait. Enfin, la jeune fille aux dragées vint à lui, en souriant.

« J'ai la permission dans ma poche, dit-elle, et nous nous marierons quand vous voudrez. Ces claques sur la joue n'ont pu vous faire grand mal, et mon tuteur vous a pardonné depuis longtemps, ayant fini par découvrir que votre livre n'est que votre propre histoire. »

On les maria peu de jours après, et moins d'un an plus tard il y eut un baptême où l'électeur influent remplit le rôle de parrain.

« Entre nous, fit-il en souriant, vous m'avez rendu un fier service. Bagou s'est reconnu dans le héros de votre conte ; il en est mort de chagrin, et j'ai été élu député à sa place.

Si nous nommions votre fils *Nigaudinos*, cela
lui porterait bonheur.

— Non, dit le tuteur d'un ton grave; chacun
de nous boira deux bouteilles de champagne
en son honneur et fumera des cigarettes de
tabac turc. »

OR ET AMOUR

Je n'oublierai jamais... bien que je sois seul à m'en souvenir, le jour où je sautai un fossé de vingt pieds. La vie à cette époque était aussi chère qu'à présent; pourtant je vis un homme entrer dans une auberge, sur le bord de la route, et demander un peu de madère et un biscuit. Il n'y avait pas de madère, et, comme il avait eu la bonté de m'inviter, je ne manquai pas de dire que du vin ordinaire suffirait. C'était un individu à l'air sombre; à peine assis, il s'écria :

« ..... Des cheveux blonds, de beaux cheveux soyeux qui descendaient jusqu'à sa taille! Si son oncle eût consenti à nous unir, nous au-

rions pris ce soir des glaces à Venise, pour fêter
notre lune de miel. Mais cet oncle n'avait ni
cœur ni entrailles; il ne pensait qu'à son argent, et, à voir la façon dont il courtisait les
gens de la basse classe, j'imagine qu'il visait à
la députation. Elle ne valait pas mieux : elle me
fit me quereller avec un officier qui me jeta, la
tête la première, dans une pièce d'eau; une
autre fois, avec un rustre qui me précipita du
haut en bas de l'escalier; plus tard encore, avec
un je ne sais quoi, qui eut l'impertinence d'en-
foncer mon chapeau jusqu'au-dessous de mes
oreilles. Si vous avez jamais été épris, vous
devez savoir combien on se rappelle ces choses-
là, et j'ai, pour ma part, d'autant plus de raisons de m'en souvenir, que la première fois
que je vis cette fille, je songeai qu'elle avait été
créée exprès pour moi.

« Au bazar, au profit des orphelins, elle avait
un comptoir et vendait des gâteaux... à deux
shillings la pièce à un banquier. — « Deux tar-
« telettes! » fis-je, et je sentis que je n'avais pas
lieu d'être jaloux quand, en les mettant sur une
assiette, elle me dit en souriant : « Que vous

« êtes donc gourmand! Tenez, voici une cuiller
« pour les manger! — Mais il se gardera bien de
« les manger; il va les mettre sur son cœur, »
ajouta un troisième, ce qui la fit rire aux
éclats.

« Vous connaissez Richmond et le restaurant *Star and Garter?* Comme nous nous prome-
nions le long de la Tamise, en attendant que
le dîner fût prêt : « Ce fleuve vous ressemble,
« m'écriai-je : il paraît, disparaît et reparaît sans
« cesse à l'horizon. » Cela, parce qu'elle avait
voulu me quitter pour aller rejoindre ses amies;
et, si vous les aviez vues toutes ensemble, assises à table, dans leurs robes de soie, vous
auriez trouvé le tableau suffisamment excitant
pour qu'on pût se dispenser de mettre du poivre
dans la friture. Ce fut l'un des plus beaux jours
de ma vie : on me fit monter sur le siège,
prendre les guides, conduire, etc.; je faillis
verser je ne sais combien de fois. Mais ma
meilleure journée fut celle des courses à
Ascot. Quand on nous arrêta en face de la
tribune, il me semblait que nous venions de
partir, et je dis au cocher de ne pas tant se

presser. « Six douzaines de paires de gants
« contre le cheval qui arrivera le dernier, »
dit-elle. Et comme j'ouvrais la bouche pour répondre : « Accepté ! » un vaurien se glisse sous
la voiture et détache le panier de champagne,
que j'avais mis derrière pour plus de commo-
dité. « Ah! dit-elle en me voyant revenir tout
« meurtri, — car je m'étais lancé à la poursuite
« du voleur, — vous méritez le grand prix. —
« Et vous, vos six douzaines de paires de gants,
« répliquai-je en voyant le dernier cheval passer
« devant le poteau. — Oui, reprit-elle en riant,
« six un quart, quatre boutons, la nuance à votre
« choix. »

« Je n'aurais pas donné notre goûter de ce
jour-là, pour tous les diamants de la terre. Son
oncle était entré dans l'enceinte du pesage et
disait à un gros électeur important : « Je suis
« pour les économies. — Un verre de cham-
« pagne? fis-je. — Soit, dit-il avec un soupir ;
« vous savez la triste nouvelle... notre ami le
banquier s'est fracturé la tête. — Je suis heureux d'apprendre qu'il avait une tête à fractu-
rer, » répondis-je. Malheureusement, cette nou-

velle était trop bonne pour être vraie : il s'agissait d'un second banquier, et celui que j'avais rencontré au bazar apparut le lendemain soir, plus gaillard que jamais. Une grosse face épanouie qui le faisait ressembler à la fleur connue sous le nom de soleil, et pas plus de cœur qu'un citron desséché ! Tous mes rivaux étaient taillés sur ce patron-là, et il n'en est pas un dont j'aie bonne opinion. Au reste, tant que l'humanité demeurera ce qu'elle est, intéressée et égoïste, je ne sais pas de qui l'on pourra dire du bien. Moi qui vous parle, j'ai des palais plein la tête, des palais dépassant en splendeur tous ceux que ce financier habitera jamais. Eh bien ! retenez cela, vous, qui que vous soyez, avec qui je viens de trinquer : l'imagination est sans valeur, à côté du plus petit sac d'écus. »

Il leva son verre et me regarda un instant.

« Remettez-vous, lui dis-je, et finissez votre vin. »

Il but une gorgée et continua :

« Ce tripoteur d'argent nous invita à un tir aux pigeons, dans le bois d'un milord ; et le lendemain, à une partie de crocket, sur une

grande pelouse verte. J'essayai de lui lancer
la boule dans les jambes ; il me la renvoya
si lestement qu'elle m'atteignit au front, tandis
que je me baissais pour remettre un cerceau
qui venait de tomber. Il fallut me résigner à
me bander un œil et à aller à l'Opéra en cet
état, le jour suivant. Elle était assise dans une
grande loge, avec son oncle et un électeur derrière elle. « Je suis pour les économies, » disait
l'oncle comme j'ouvrais la porte, et l'autre répondait : « Il n'y a rien de tel. » Elle se tourna
vers moi en s'éventant et poussa un cri, presque
d'effroi : « Qu'avez-vous fait à votre œil ? de-
« manda-t-elle. — Ce n'est pas moi, c'est le ma-
« ladroit d'hier qui a fait ce beau coup-là. » Sur
quoi, je pris une chaise et me mis à lui parler
de l'avenir, — un sujet toujours cher aux femmes, — pendant que l'orchestre jouait le menuet de Don Juan. Connaissez-vous rien de
pareil à ce menuet ? Toutes les têtes s'agitaient
comme si on les avait frictionnées, et le banquier applaudissait si fort que ses gants craquè-
rent de tous côtés. « Plus d'un de ces gens de
« finances a dû finir ainsi, » dis-je en souriant à

ma voisine, au moment où don Juan disparaît
dans les flammes. Mais ma remarque lui déplut,
car, dès qu'elle l'aperçut sur l'escalier, elle
courut à lui les mains tendues.

« — Je suis vraiment confus de vous avoir fait
mal, fit-il en montrant du doigt mon bandeau;
si je vous avais vu vous baisser, j'aurais pris
plus de précautions.

« — Vous n'êtes pas plus confus que moi,
répliquai-je; mais j'aurais dû attendre avant
de relever le cerceau.

« Bref, nous fûmes très polis l'un pour l'autre. Nous jouâmes ensemble à son club, et il me
gagna cinq cents francs, le prix d'un voyage à
New-York, comme je le lui dis incidemment,
dans l'espoir qu'il aurait l'envie de changer
d'air. Mais il n'eut jamais cette bonne idée, et
je me promis un beau soir d'aller, le lendemain
de bonne heure, trouver l'oncle.

« Il était encore en tête à tête avec un électeur
influent, et je l'entendis qui répétait : « Je suis
« très résolu à demander des économies; » à
quoi l'électeur ajoutait : « Insistez là-dessus dans
« votre profession de foi; ça réussit toujours. »

8

Moi, j'allai droit au but, à peine entré. « Mon-
« sieur, dis-je en saluant, je viens vous de-
« mander la main de votre nièce. J'ai moins
« d'argent que d'esprit, et plus de dettes que
« de crédit. Mais vous avez devant vous un
« homme de principes; et, si vous faites bien
« les choses, nous pouvons être mariés et en
« Italie avant un mois, ce qui me serait d'au-
« tant plus agréable que je ne connais pas ce
« pays-là. » Il s'écoula près d'une minute avant
qu'il répondît, et je pus mesurer pour la première fois à quel degré d'imbécillité les idées
détestables d'un siècle corrompu peuvent conduire un oncle âgé. « Notre ami le banquier
« était ici tout à l'heure, dit-il en regardant le
« tapis, et nous dînons ce soir ensemble chez
« Blackwall. Il ne m'a pas parlé de faire bien
« les choses, et nous avons les mêmes opi-
« nions politiques. » — « Rien ne vaut les économies, » répéta l'électeur.

« Je regardai dédaigneusement ce triste couple qui eût été, sur l'heure, coupé en quatre
morceaux, si la chose n'avait tenu qu'à moi.
« Faites des économies si bon vous semble, »

m'écriai-je en m'élançant dans la rue, où je
pris la première voiture qui passa... Et maintenant je suis là, buvant ce verre de vin et
convaincu, dans mon for intérieur, que, gou-
verné avec ou sans économie, un pays où l'argent est le seul roi du jour doit être purifié de
fond en comble. Je ne crois plus à rien, ni à
la femme ni à l'homme; ni au progrès, ni à
l'avenir; ni au scrutin secret, ni au désintéressement politique; ni à l'émancipation des
noirs, ni à l'affranchissement des blancs ; et je
ne rencontre jamais personne qui ne mette l'or
au-dessus du mérite, le succès au-dessus du
devoir, soi-même au-dessus d'autrui... »

Je fus vivement frappé par ces réflexions de
l'inconnu, et je rentrai chez moi pensif, presque
soucieux. Mais il me semble bien que le vin
était aigre et les biscuits légèrement rances.

LE LORGNON

—

Je n'ai jamais connu personne qui sût donner un bon conseil mieux que l'*Homme au lorgnon*. Alliez-vous le trouver la veille d'une échéance, il ne demandait pas cinq minutes pour vous répondre bravement : « Ne payez pas. » Aviez-vous un fils paresseux, dépensier, qu'il fallait remettre dans la droite voie : « Commencez par prendre cette route-là vous-même, disait-il, et peut-être l'enfant emboîtera-t-il le pas. » L'individu auquel il dit cela était un villageois des environs de Londres qui falsifiait son lait tous les matins, avant de le porter à la ville ; il tourna sur lui-même et ne revint jamais.

Nous fûmes un jour le consulter, deux de
mes amis et moi-même. Nos blés étaient se-
més ; la récolte s'annonçait bonne ; et, pour
faire comme tout le monde, du moins comme
tous ceux qui ne tiennent pas absolument à
vivre tranquilles, nous méditions de nous marier. L'*Homme au lorgnon* s'adossa à la cheminée, releva sous ses bras les pans de son
habit, et nous regarda l'un après l'autre.

« Vous voulez vous marier, fit-il, et venez
me demander si je vous en approuve. J'ai
toujours blâmé ce genre de chose, et ne fail-
lirai pas à cette vieille habitude, pour votre
bon plaisir. Un pauvre diable qui a fait comme
vous, il y a quinze jours, m'écrit ce matin
qu'il est désespéré. C'est le sort commun. On
croit trouver le calme et le bonheur ; on ne
rencontre que le trouble et le souci. Toutes ces
boîtes en fer-blanc que vous apercevez sur ces
planches, sont pleines de lettres de malheureux qui partagèrent vos illusions et coururent
comme vous au-devant des mécomptes : il y
en a là-dedans qui sont devenus fous. Mais
l'expérience d'autrui n'a jamais profité à per-

sonne ; tout ce que je pourrais dire serait
sans prise sur vous. Seulement, je vais vous
donner à chacun un lorgnon semblable au mien,
et vous jugerez alors par vous-mêmes si le
marché que vous êtes sur le point de conclure
vaut les peines et l'argent qu'il vous coûtera. »

Sur quoi, il fit une pause pour prendre dans
sa poche trois petits écrins en maroquin qu'il
nous remit ; puis il reprit :

« Et qu'est-ce que la beauté ? Un pur caprice
de l'œil, une fantaisie de l'imagination. Si vous
saviez que celle dont vous briguez la main
jettera de l'arsenic dans votre café au lait, une
fois devenue votre femme, trouveriez-vous
encore qu'elle a l'œil doux et la physionomie
d'un ange ? La beauté n'est donc qu'une illusion
d'optique, une sorte de mirage qui serait bientôt dissipé, si vous pouviez savoir à quelle
laideur morale elle sert de masque.

« Vous, ajouta-t-il en se tournant vers
moi, vous auriez pu vous épargner l'expérience douloureuse que vous allez faire, car
on vous donna ces temps-ci un chien jaune
qui aboyait courageusement lorsqu'il enten-

dait un mensonge. Mais vous vous en êtes séparé, parce qu'il vous gênait, vous et votre
entourage, au lieu de le garder pour voir la
figure qu'il ferait lorsque vous liriez les lettres
de votre fiancée.

« Enfin, ces trois lorgnons vous permet-
tront de voir le monde tel qu'il est, avec ses
vices et ses faibles. Le mensonge vous appa-
raîtra sous la forme d'une bouche large et tom-
bante ; de grosses lèvres signifieront sensua-
lité ; un nez camard voudra dire ruse. Au
surplus, ce petit livre vous donnera la clef de
tout ce que vous verrez. »

Et il nous remit à chacun une brochure in-
titulée : *Catalogue des difformités humaines,
revu et corrigé par l'Homme au lorgnon.*

« N'allez pas croire au moins, fit-il en soupirant, que j'aie des illusions sur le parti que
vous tirerez de tout cela. J'ai donné mes lorgnons, ainsi que mes catalogues, à bien d'autres qu'à vous, sans que jamais personne en
ait su profiter.

— Pourquoi ne ferions-nous pas une exception ? demanda l'un de nous.

— Parce que je ne prétends pas à diminuer le nombre des imbéciles, dit-il avec un rire narquois. Je puis démasquer le vice; mais je ne puis pas faire que vous le haïssiez. D'autres que moi l'ont essayé et ont échoué; d'autres le tenteront de nouveau et y perdront leur science, aussi longtemps que cette terre sera peuplée comme elle l'est. Y a-t-il moins d'ivrognes depuis qu'on a reconnu que l'ivresse tue et dégrade? Les hommes commettent-ils moins de crimes, les femmes moins de péchés, l'humanité moins de bassesses, de vilenies et de mensonges, depuis que les criminels, les coupables de toutes sortes, sont couverts d'ignominie et de mépris? L'aveuglement volontaire et la persistance du mal sont deux fléaux qu'aucun pouvoir magique ne peut guérir.

— J'espère, interrompis-je, que vous ne me faites pas l'injure de supposer que, si je découvrais que ma fiancée a le nez camard, les lèvres grosses et le reste, je persisterais à vouloir l'épouser.

— Je n'en sais rien, fit-il en haussant les épaules et en montrant du doigt les fameuses

boîtes de fer-blanc qui garnissaient son éta-
gère. Mais je n'ai pas de temps à perdre. Quand
vous voudrez voir clair, vous mettrez mon
lorgnon ; quand vous préfèrerez rester aveugles, vous l'enlèverez. Maintenant, retirez-vous
et amusez-vous bien ; je n'ai rien de plus à
ajouter. »

Nous partîmes, selon son désir ; mais de
nous récréer, c'était une autre affaire. Je mis
mon lorgnon, à peine sorti, et fus épouvanté
de ce que je vis. Au lieu d'hommes et de femmes, j'apercevais des monstres, des langues
tombantes, d'horribles mâchoires, des jambes
torses, des têtes d'idiots, des traits affreuse-
ment flétris. Seuls les animaux, que nous trai-
tons de brutes, échappaient à cette déforma-
tion générale, et, en songeant qu'ils sont les
serviteurs de l'homme aux termes de la loi de
création, je rougis et poussai un soupir de
honte.

« Qu'est-il arrivé à vos oreilles ? dit un de
mes compagnons.

— Au lieu de vous occuper de moi, vous
feriez mieux de regarder votre nez, répondis-

je avec indignation. Il est devenu de la gros-
seur d'un champignon, et d'après le catalogue...

— C'est vrai, interrompit le troisième, dont
la bouche aurait fait le tour de son cou si son
faux col n'y eût mis obstacle, votre nez est
énorme ; on dirait une trompe d'éléphant. »

Nous nous quittâmes en mauvais termes, et
je sautai dans une voiture, en disant au cocher
d'aller devant lui, à l'aventure. Penché à la
portière, mon lorgnon sur le nez, j'épiais chaque passant, espérant toujours rencontrer des
visages que ce singulier instrument ne pourrait pas défigurer. Mais en vain poursuivais-je
ma course, en vain m'usais-je les yeux à regarder, j'étais toujours témoin des mêmes mé-
tamorphoses. Des hommes politiques que j'étais
accoutumé à admirer, m'apparaissaient avec
d'horribles jambes cagneuses ; et, en consultant
mon catalogue, j'apprenais qu'ils n'avaient
gravi l'échelle du pouvoir qu'en trompant leurs
électeurs. Des écrivains que j'honorais montraient d'affreuses mains crochues, ce qui indiquait qu'ils étaient à la dévotion du plus of-

frant. Des femmes que je tenais pour des anges
de bonté, avaient de tels airs de harpie, que
j'en retirais mon lorgnon pour cesser de les
voir ainsi.

Alors je me rappelai que ce verre maudit
m'avait été donné pour me révéler les mérites
de l'aimable jeune fille que je devais épouser,
et un frisson d'effroi me courut dans le dos.
Était-ce bien la peine de m'exposer à perdre la
seule illusion qui me restait? Ne serait-il pas
plus sage de jeter dans un égout ce fatal lorgnon et de garder ma foi, au moins dans la
vertu d'une femme? J'avais congédié ma voiture près d'un jardin public pour pouvoir méditer ces graves questions en faisant les cent
pas, quand une petite voix bien connue me
surprit dans ma rêverie :

« Vous ici? » fit-elle en me tendant la main.

L'instrument était à son poste. D'un mouvement instinctif, il se braqua sur celle que le
hasard venait de lui livrer et l'éclaira d'une
lueur de lanterne sourde. C'était elle, celle
que j'aimais, douce, naïve, charmante comme
toujours ; et, si j'avais pu craindre que mon lor-

gnon eût perdu son pouvoir, l'étrange physionomie que je vis à ma future belle-mère qui marchait près de sa fille, aurait suffi à me rassurer... Mais n'insistons pas sur ce point. J'avais trouvé enfin une créature irréprochable ; cet être exceptionnel était la femme que j'aimais. N'était-ce pas tout ce qu'il me fallait ?

Nous nous mariâmes peu de temps après ; et, ayant su que mes amis avaient fait de même, j'eus la fantaisie de m'édifier sur le compte de leurs compagnes. De nouveau, le redoutable verre sortit de son étui, et je reconnus qu'ils avaient épousé des descendantes des Euménides. Alors je me rappelai l'*Homme au lorgnon*, les rangées de boîtes en fer-blanc, les malheureux devenus fous, et j'inclinai la tête en répétant tout bas ce vieil adage :

Nous sommes tous aveugles aux défauts de ceux que nous aimons.

P.-S. — Je crois bien d'ajouter que je me suis séparé de mon lorgnon. Ayant ouï dire qu'un homme d'État avait entrepris d'arracher son pays aux serres de l'hydre de l'anarchie, je

lui ai expédié mon précieux instrument, qu'il l'
emploie à choisir son personnel. Or il paraît
que depuis lors tous les fonctionnaires sont
des modèles !

LE SUICIDÉ VIVANT

I

Un beau matin, moins de six mois après son
arrivée à Londres, le jeune Patrick O'Featherhead prit un parti désespéré : il résolut de se
pendre.

Naturellement, il avait longuement réfléchi
avant d'en arriver à ce parti extrême ; mais,
loin de lui ôter ses idées de suicide, la réflexion
n'avait servi qu'à les encourager. Il était sans
argent ; son ancien tuteur Peter Flint, un vieil
ami de son père, avait refusé de lui venir en
aide ; des pièces de vers qu'il avait composées
avaient été repoussées, à l'unanimité, par tous
les éditeurs et tous les journalistes de la métro-

pole ; et, pour couronner le tout, Milly Wood,
la fille de sa propriétaire, qu'il comptait épouser dès qu'il aurait réussi à placer ses œuvres,
lui avait déclaré, très catégoriquement, qu'elle
lui préférait un certain Mark Quill, qui cachetait
des lettres, dans une administration quelconque, au prix de 90 livres sterling par an. Les
bonnes raisons ne manquaient donc pas à Patrick pour mettre fin à ses jours ; même il était
d'avis que jamais pendaison volontaire n'aurait
été plus justifiée que la sienne.

Pourtant il est triste de se pendre à vingt
ans. La vie alors a bien des charmes, même
quand on l'envisage du sommet d'une mansarde, perdue dans le quartier de Battersea, au
milieu de manuscrits refusés. Et, quand le jeune
Patrick eut fermé les deux lettres qu'il adressait
à Milly et à Peter Flint pour leur annoncer que
leur dureté à son égard l'avait déterminé à se
tuer, il se mit à rechercher si, parmi les divers
procédés de suicide, il n'y en avait pas de
moins pénibles que la suffocation. Les gens
retirés de l'eau sur le point de se noyer ne disaient pas trop de mal de cette façon de quitter

le monde, songea-t-il ; toutefois il y avait, à les entendre, deux ou trois minutes de gargarisme forcé, qui étaient assez déplaisantes. S'il pouvait remédier à cet inconvénient? Dans un roman français, il avait lu qu'une certaine herbe appelée hatchis, que l'on récolte en Perse, fait passer de vie à trépas au milieu des rêves les plus charmants ; mais il n'y avait pas de pharmacien persan dans Battersea, et les quelques apothicaires qui y tenaient boutique respectaient scrupuleusement la loi qui leur interdit de vendre des poisons sans une ordonnance du médecin : affreuse ironie du législateur qui oblige l'homme résolu à se tuer à requérir l'assistance d'un docteur !

Patrick regretta de n'avoir pas étudié la médecine, car il eût pu alors se faire des ordonnances tant qu'il aurait voulu ; il se reprocha également de s'être brouillé avec son ami Thaddy Boles, l'étudiant auquel il avait soumis un de ses poèmes, en le priant de lui en dire franchement son opinion, et qui la lui avait donnée si sincèrement, qu'il ne l'avait pas revu depuis lors. S'appliquerait-il un pistolet sous

le menton ? mais il n'avait pas d'arme à sa disposition. Se plongerait-il bravement un poi-
gnard dans le cœur ? mais il avait horreur des
instruments tranchants. Aurait-il recours au
réchaud, comme une modiste désenchantée ?
mais, quand même il eût su la quantité de charbon à employer, serait-il parvenu à boucher
toutes les ouvertures par lesquelles l'air s'in-
troduisait dans sa mansarde ? Finalement, il arriva à cette conclusion qu'il ne pouvait choisir
qu'entre se pendre ou se noyer, et il jeta en
l'air une pièce de six pence, la seule qui lui
restât, pour trancher cette grave question.
« Face, » dit la pièce, ce qui signifiait « pendaison ». Le jeune Patrick prit son chapeau et se
disposa à sortir pour aller acheter une corde et
un piton.

Une promenade ayant un pareil but exi-
geait de sa part un surcroît d'énergie. Il dé-
boucha une bouteille de vin, dernier gage des
largesses dont son tuteur, aujourd'hui si revê-
che, mais jadis plus humain, l'avait comblé na-
guère encore. Le vin était vieux et parfumé, et
Patrick eut un sourire amer en apercevant sur

l'étiquette, à côté du nom du cru, ces mots déri-
soires, vu la circonstance : « Élixir de longue
vie. » Néanmoins, il en but deux fois, trois fois,
quatre fois même, bien que son verre fût grand ;
et, à chaque gorgée qu'il avalait, il lui semblait
entendre retentir à son oreille, dite sur le ton
de l'ironie, la devise de la bouteille : « Élixir
de longue vie ! » La plaisanterie parut si bonne
au jeune Patrick, qu'il en riait encore en des-
cendant son escalier pour se rendre chez le
marchand de cordes.

Ces marchands-là sont, paraît-il, plus rares
que les autres ; il n'y en avait pas, en tout cas,
dans la rue où habitait Patrick. Il continua donc
à marcher, au milieu des rues populeuses de
Battersea, du pas tranquille et lent d'un homme
qui n'a pas de soucis ou qui sait qu'il va n'en
plus avoir. Les marchands de légumes bronzés
par le soleil, les agents de police tout couverts de
poussière, les maçons occupés à bâtir des villas,
les femmes en haillons courant au mont-de-
piété, tous ces malheureux et toutes ces mal-
heureuses condamnés par le sort à mener la
vie de privations et de peines dont il allait

être débarrassé dans un instant, lui causaient
une pitié profonde. Qu'étaient pour lui, maintenant, chaleur, fatigue, poussière et mont-de-
piété? Dans une heure, il serait si loin de tout
cela, que Battersea tout entier, criant misère, ne
parviendrait pas jusqu'à lui. Il se redressa, et
son allure était devenue crâne, comme s'il se
fût senti supérieur à tous les êtres qu'il croisait,
lorsqu'il aperçut une boutique de couleurs, à la
porte de laquelle s'étalaient de gros rouleaux
de cordes.

Que Patrick eût pris un parti décisif, il n'y
a pas à en douter; la vérité toutefois exige
que l'on confesse que la vue de ces cordes lui
donna froid dans le dos. Elles lui semblaient
plus raides que toutes celles qu'il avait eu
jamais l'occasion de manier, et, de fait, elles
étaient superbes, bien lisses, bien blanches et
soigneusement tissées. « Il est peu probable
qu'elles cassent, » songea Patrick, et cette réflexion le jeta dans un ordre d'idées auxquelles
il avait jusque-là évité de s'arrêter, mais qui,
en le prenant à l'improviste, allaient enfin s'imposer à lui. Que dirait-on, que ferait-on dans la

maison, quand on découvrirait qu'il s'était
pendu? Sans doute on n'en saurait rien avant un
jour ou deux; mais on finirait, tôt ou tard, par
remarquer son absence, et quelqu'un, Milly
Wood peut-être, irait frapper à sa porte. Pas de
réponse; un instant de silence. Alors on tournerait la poignée de la serrure, et Milly le verrait,
suspendu par le cou, la tête tombant sur la poitrine, les mains étendues, les pieds allongés
dans un suprême effort pour atteindre le plancher. Sur quoi, des cris perçants. Milly descen-
drait l'escalier quatre à quatre et tomberait
évanouie au bas des marches. Mrs Wood et la
servante se précipiteraient dans la rue pour
appeler la police; les voisins ouvriraient leurs
fenêtres et demanderaient ce qui se passe. Un
rassemblement se formerait autour de la maison; le médecin arriverait, couperait la corde
et lui tâterait le pouls; le soir, tous les journaux
auraient un paragraphe précédé de l'en-tête :
« Affreux suicide à Battersea. » Le lendemain,
suivant l'usage, une douzaine d'épiciers et de
boulangers des environs s'assembleraient pour
décider qu'il s'était tué dans un accès de folie,

et, dans quelques années d'ici, quand Milly aurait épousé Mark Quill et ses appointements, lui,
Patrick, serait le sujet favori de leurs conversa-
tions du coin du feu. Milly raconterait qu'elle
l'avait vu pendu, pâle comme un revenant, la
langue sortie de la bouche; chaque fois, son
récit deviendrait plus dramatique, et Mark
Quill ne manquerait jamais d'ajouter, en guise
de conclusion ou de morale : « J'avais toujours
pensé que ce garçon avait le cerveau fêlé. »

Patrick s'arrêta, ôta son chapeau et s'essuya
le front. Les diverses perspectives qu'il venait
d'entrevoir, n'avaient rien d'attrayant. Se pendre était déjà chose dure ; mais se pendre et
passer, par-dessus le marché, pour un imbécile
aux yeux de Mark Quill, c'était cruel. Il avait
pensé, tout d'abord, que cette mort soudaine,
volontaire, ne serait pas exempt d'une certaine
gloire. Il s'était dit que Milly, émue de sa fin
tragique, impressionnée par la vue du cadavre,
s'écrierait plus d'une fois, durant ses querelles
de ménage : « Ah ! Mark, vous n'êtes pas brave
comme Patrick. » Fallait-il renoncer à ces
douces espérances pour leur substituer de déso-

lantes réalités? Le vent, qui soufflait assez fort, fouettait le visage de Patrick et s'engouffrait dans ses cheveux ; ses nerfs se remontèrent, et il se sentit prêt à tout oser. S'il y avait une guerre, n'importe où, se dit-il, il partirait, et, après toutes sortes de prouesses, il tomberait sur un champ de bataille, couvert de poudre... et de gloire. Si un chien enragé pouvait, au moins, surgir, là au bout de la rue, il se précipiterait bravement à sa rencontre et sauverait la vie de quelque pauvre femme, aux dépens de la sienne. Si une explosion avait lieu sous ses pieds et le projetait en l'air, tenant dans ses bras un pauvre enfant qui retomberait sain et sauf sur le sol, auprès de son cadavre à lui ? Si... il releva la tête et écouta. Les sons d'une musique militaire venaient de frapper son oreille, et en se retournant il aperçut des soldats en grand costume, qui s'avançaient lentement, entourés de gamins.

Un homme qui va se pendre a bien le droit de vouloir entendre un peu de musique avant de mourir. Patrick s'était arrêté en face du marchand de couleurs et n'avait qu'à traverser

la rue pour arriver à la boutique. Il se dit qu'il
y entrerait dès que le dernier soldat serait
passé, et il fit quelques pas en arrière pour
mieux entendre et pour mieux voir. La musique approchait; les habits rouges et les galons
d'or se montraient plus distinctement : c'était
un bataillon des Gardes de la reine, qui retour-
nait à la caserne. En tête marchaient les sa-
peurs; après, venaient le tambour-maître, les
musiciens, les fifres, les tambours, puis le co-
lonel sur son cheval, puis encore des hommes,
le fusil sur l'épaule, bien alignés et bien tenus.
Tout le monde courait pour les voir; les trottoirs
étaient encombrés. Longtemps après qu'ils furent passés, on les suivit des yeux; puis les
bouts des fusils furent seuls perceptibles; le
bruit de la musique alla en s'éteignant; et la
brillante vision s'évanouit complètement.

Mais elle ne disparut pas, cependant, sans
produire un changement dans l'esprit de Patrick. Cette musique, ces soldats, l'avaient
rempli d'idées de gloire, et, pour la seconde
fois, il ôta son chapeau comme on ôte le couvercle d'une casserole, lorsque son contenu

bout trop vite ou trop fort. Il ne songeait plus à se pendre ; il se sentait appelé à un plus noble sort. Il sacrifierait sa vie au progrès de la science ; il monterait en ballon ; il irait au pôle Nord ; il s'arrangerait, enfin, pour ne quitter ce monde que le front entouré d'une couronne de lauriers. Plein de ces grandes idées, la tête en ébullition, il courut à toutes jambes dans la direction qu'avaient prise les soldats. Il voulait entendre encore cette belle musique qui l'inspirait si bien, et, après force rebuffades de la part des gamins qui escortaient la troupe, il réussit à se mêler à eux et à accompagner les soldats dans leur marche, tout en ruminant et en gesticulant, jusqu'à la porte même de leur caserne. Là, il fallut bien qu'il s'arrêtât ; mais une troupe de saltimbanques, qui se livrait, à quelques pas plus loin, à des exercices de toutes sortes, vint, fort à propos, lui fournir un nouveau sujet de distraction.

« On dirait, pensa Patrick en s'approchant du groupe, qu'ils sont venus ici exprès pour moi. »

Et s'adressant à l'un des hommes, qui tenait

une perche sur sa poitrine, pendant qu'un autre grimpait le long :

« S'il vous plaît, fit-il d'une voix vibrante,
prêtez-moi cette chaise, l'espace de cinq minutes, que je monte dessus pour faire un *speech*. »

Le saltimbanque prit les six pence que lui
tendait Patrick, et le jeune Irlandais s'exprima
comme suit :

« Mesdames et messieurs, c'est presque un
homme mort que vous avez devant vous, car
dans une heure d'ici je me serai certainement
tué. Mais, avant de le faire, je voudrais accomplir une grande action, afin qu'une fois dans
mon cercueil j'aie droit à ces éloges qui sont
la nourriture de l'âme des trépassés. Si donc
quelqu'un de vous a fait une invention utile au
pays et à la science, mais d'expérimentation si
périlleuse qu'il n'ait pas osé la tenter, je suis
prêt à braver le danger à sa place. »

Le public prit ce début pour un boniment
destiné à servir de préface à un nouveau tour
des acrobates et se mit à rire aux éclats, pendant qu'un des saltimbanques profitait de la
circonstance pour circuler parmi les specta-

teurs, la sébile à la main. Patrick O'Featherhead continua son allocution; mais, voyant qu'on continuait à rire et que l'homme à la perche lui réclamait énergiquement sa chaise, il descendit de sa tribune improvisée en se plaignant, à part lui, du peu de gravité du public. Il était, cependant, à peine sorti du cercle des curieux qu'un individu, tout en noir, qui l'avait écouté et observé attentivement, s'approcha de lui, l'air grave, et l'interpella aussitôt.

« Ce que vous venez de dire est-il sérieux ? demanda l'inconnu en regardant fixement le jeune Patrick.

— Si sérieux que je suis prêt à en jurer devant la cour du Banc de la Reine.

— Vous êtes d'humeur à sacrifier votre vie sur-le-champ, au profit d'une grande invention?

— Oui, fit Patrick d'une voix ferme.

— Alors, suivez-moi, » reprit l'inconnu.

II

« Où demeurez-vous ? » demanda l'homme lorsqu'ils eurent gagné une rue écartée.

Patrick O'Featherhead dit où il habitait, et
expliqua ensuite, en les agrémentant de réflexions philosophiques, les raisons qui le por-
taient au suicide. Il parla de ses luttes, de
son amour non partagé, de ses espérances
perdues. Il fit le portrait de Milly Wood; il
eut des mots sévères pour Marck Quill, l'employé, qui lui avait ravi l'affection de la jeune
fille.

L'étranger lui ayant demandé s'il savait quelque chose en fait de magnétisme et d'électricité,
il répondit qu'il avait lu le matin même, pour
tuer le temps, quelques pages d'un livre traitant
de ces matières.

L'homme fit une nouvelle halte et examina
encore une fois Patrick depuis les pieds jusqu'à
la tête.

« Je suis un inventeur, dit-il enfin et avec
quelque hésitation. Mais, comme mon invention peut être mise à l'essai chez vous aussi
bien que chez moi, et que votre cadavre, si
vous périssez dans l'expérience, me gênerait
considérablement, je propose que nous opérions
dans votre chambre.

— Et où est l'invention, s'il vous plaît ? fit Patrick sans s'émouvoir.

— Dans ma poche, » dit l'homme.

On fut vite arrivé à la maison de Patrick ; mais le jeune Irlandais n'en eut pas moins le temps de remarquer qu'il se passait en lui un phénomène bizarre.

Il lui semblait que son compagnon avait pris tout à coup sur lui un empire absolu, à tel point que ses mouvements eux-mêmes ne relevaient plus de sa volonté. Il trébuchait, et il serait tombé si l'homme ne l'avait retenu. Enfin, quand il fut assis dans sa mansarde, devant sa table, avec l'inconnu en face de lui, il essaya vainement de se rappeler pourquoi il était là et comment il y était venu, et, lorsqu'il voulut parler, sa langue ne rendit plus que des sons inarticulés.

L'étranger tira de son gousset une petite chaîne de cuivre, prit dans l'une de ses poches une sorte de grosse montre, également en cuivre, et plaça le tout sur la table.

« Voici mon invention, dit-il lentement. Elle représente toute une vie de travail ; il se

peut qu'elle soit inapplicable en donnant instantanément la mort à qui voudrait en faire
usage. C'est précisément là ce qu'il me reste à
voir. L'homme assez vigoureux pour s'assi-
miler ses effets aura sur ses semblables un ir-
résistible pouvoir ; mais il ne peut prétendre à
ce merveilleux résultat qu'à la condition d'avoir
en lui une quantité d'électricité capable de neu-
traliser celle qui va se développer dans cette
chaîne et cette montre, quand elles seront atta-
chées l'une à l'autre. Je sais que, pour ma part,
je n'y parviendrais pas ; je suis lymphatique,
et il faut un sujet nerveux et très robuste pour
tenter l'aventure. J'ai passé des années à chercher quelqu'un qui voulût consentir à faire
l'expérience ; personne, avant vous, n'a osé se
prêter à ce dangereux essai. Êtes-vous toujours
fermement résolu à braver la mort ? »

Patrick, bien qu'il entendît la question, sentit
qu'il n'était plus en son pouvoir d'y répondre
négativement. Il poussa une sorte de gémisse-
ment et chercha vainement à remuer les bras
pour faire un geste affirmatif : ils pendaient,
inertes, le long de son corps.

« Vous dites oui, fit l'étranger d'une voix calme. Eh bien! dans cinq minutes, vous trônerez comme un roi au-dessus de vos semblables ou serez délivré de vos misères. »

Il prit la chaîne et la passa autour du cou de Patrick. Le jeune homme tressaillit de la tête aux pieds et eut, à trois reprises différentes, des spasmes si violents, qu'on l'eût cru près de mourir. Puis il redevint immobile et regarda l'inconnu d'un œil hagard.

« Écoutez-moi maintenant, fit celui-ci. Une fois fixée à la chaîne, la montre que vous voyez là développera en vous un pouvoir magnétique qui, s'il ne vous tue pas, mettra tous vos semblables à votre merci. Elle est munie de deux aiguilles, une grande et une petite. En dirigeant vers quelqu'un la pointe de la petite, vous pouvez lui faire faire la chose la plus contraire à toutes ses habitudes; en vous servant de la grande, il n'est personne qui puisse vous rien cacher, aussi longtemps que vous tiendrez la pointe braquée de son côté. Pour comprendre, ou du moins pour vous faire une idée de cette double influence, il vous suffira

de vous rappeler que l'esprit humain n'est, en
réalité, qu'une assemblée délibérante où les
bons instincts et les mauvais, les pensées sages
et les folles, les idées nobles et les basses en-
trent en lutte à chaque instant. Si la bataille se
livre dans un esprit honnête, ce sont les bons
instincts qui ont la majorité, comme on dit au
Parlement; chez les méchants, au contraire,
ce sont les mauvais qui triomphent. Mais de
même que, dans les assemblées, vous voyez
des minorités audacieuses enlever un vote par
surprise, de même tous nos bons ou mauvais
sentiments peuvent être, à certains moments,
dominés par les autres, si bien que le coquin
agit en homme de cœur, et l'homme de cœur
comme un vilain; que le sage fera des folies,
et le fou des prodiges de bon sens. C'est cet
état de choses révolutionnaire que la petite
aiguille a le pouvoir de provoquer. Quant à la
grande, son rôle est basé sur ceci : que la vérité est la vertu mère de toutes les autres, et
que l'homme, pris dans l'état de nature, la
pratique instinctivement. Il perd cette habitude
en se civilisant, parce qu'au milieu des mots

courtoisie, politesse, réserve, discrétion, con-
vention, expédient, il arrive à ne plus distin-
guer le vrai du faux ; mais la grande aiguille,
par le fluide qui s'en dégage, agit sur le cerveau pour le replacer dans ses conditions pri-
mitives, et l'homme, débarrassé des formules
qui l'étreignent, dit tout ce qu'il a dans le
cœur. Vous m'avez compris...? »

L'inconnu se recula et fit signe à Patrick
d'attacher la montre à la chaîne. Patrick saisit
l'objet que l'étranger lui désignait du doigt, et,
instantanément, la torpeur où il était tombé
disparut comme par enchantement. Il bondit
sur ses pieds, et ses mains, cramponnées à la
montre, semblaient ne pas vouloir la lâcher.
Son visage était devenu cramoisi ; il ressentait
dans tout le corps comme des coups d'épingle ;
il marchait à grands pas dans la chambre, en
faisant d'inutiles efforts pour attacher la chaîne
à l'anneau de la montre. Il y parvint enfin, et
une sensation d'indicible bien-être s'empara
aussitôt de lui. Il s'arrêta le sourire aux lèvres,
rejeta sa tête en arrière, ferma les yeux avec
un geste de béatitude et murmura :

« Qu'il ft bon d'être ainsi !

— Ah ! fit l'étranger d'une voix triomphante, vous avez résisté à l'épreuve. Tous les secrets des hommes, leurs richesses, leur pouvoir, leurs honneurs sont maintenant à votre merci. Nous avons atteint l'omnipotence.

— Il me semble que j'ai des ailes, reprit Patrick toujours en extase ; de l'air ! de l'air ! je crois que je pourrais voler.

— Le monde nous appartient, » s'écria l'étranger.

Et tous deux s'élancèrent hors de la maison.

III

Comment il était là ? Il n'aurait pu le dire ; mais Patrick se trouva dans l'une des rues les plus animées de Londres, donnant le bras à son ami. Les visiteurs défilaient par centaines, les hommes se pressaient sur les trottoirs ; tout le luxe, l'industrie, l'immense richesse de la grande ville se montraient à lui dans un panorama sans fin. Il était silencieux, mais le sang lui bouillait dans les veines. Devant lui, un splendide édifice reflétait ses tours et ses ogives dans les eaux de la Tamise.

« Westminster, fit-il, Wesminster où siège ce Parlement qui a dicté des lois à la moitié du monde.

— Oui, et l'heure est venue d'expérimenter votre pouvoir, reprit son compagnon, qui, lui aussi, semblait ivre d'orgueil et de joie. Nous pouvons bien consacrer une journée à essayer notre talisman ; demain, nous commencerons à nous en servir au profit de nos intérêts. »

Patrick tira sa montre et promena ses yeux autour de lui, à la recherche d'un sujet. Il y avait de l'autre côté de la rue, devant un étal de boucher, un agent de police en faction, dont l'honnête figure faisait du bien à voir. Patrick braqua sur lui sa petite aiguille et s'arrêta. Aussitôt, et sans hésitation, l'agent tourna sur ses talons, marcha droit à l'étal, décrocha un gigot de mouton et s'enfuit en l'emportant. L'étranger avait dit que la petite aiguille pouvait faire faire aux hommes les actes les moins conformes à leur tempérament et à leurs habitudes. L'épreuve lui donnait raison.

En voyant le voleur filer à toutes jambes, le boucher courut à sa porte et allait crier d'arrêter le fuyard quand Patrick, dirigeant vers lui son aiguille, modifia ses dispositions. Il s'arrêta, se mit à sourire et dit d'une voix douce :

« Ce gigot est à vous, policeman. Je suis d'autant plus heureux de vous l'offrir qu'étant peu généreux de ma nature, je ne suis pas fâché de voir quel plaisir on peut éprouver à donner ! »

Patrick fut curieux d'en savoir plus long sur cet individu, et tourna vers lui la grande aiguille, pour l'amener à poursuivre ses confidences.

« Parbleu, reprit-il à haute voix, sans souci des passants qui commençaient à faire cercle, vous pouvez bien me prendre ce morceau de mouton, celui-là et d'autres encore : j'en ai assez volé à mes pratiques. Vous ne m'en croiriez pas, monsieur l'agent, si je vous chiffrais toutes les livres de viande que j'ai ajoutées aux comptes de mes clients et la quantité d'os que j'ai jetés

dans mes balances, pendant que les cuisinières
tournaient le dos. Tenez : vous voyez bien ce
bœuf pendu, là, à ce crochet. C'est la carcasse
d'une vieille vache malade, dont je ne voudrais pas manger, quand on m'offrirait son
pesant d'or. M. le pharmacien me fournit un
acide qui donne à la chair une couleur présen-
table, et je la passe ainsi à mes clients, qui
en ont parfois de bonnes indigestions. Ça les
les regarde, du reste ; moi... »

Patrick riait de tout son cœur ; mais, crai-
gnant que cet honnête boucher ne poussât ses
aveux au point de compromettre à tout jamais
sa renommée, il braqua son aiguille sur un
estimable épicier qui semblait savourer, sur le
pas de sa porte, les confidences de son voisin.
L'épicier mit aussitôt la main à son front et
commença :

« Ce qu'il vous raconte là est déjà très joli ;
mais écoutez-moi bien, moi le doyen de la paroisse, qui ai, comme juré, à la dernière ses-
sion, dépêché vingt fripons aux galères. Dieu
me frappe à l'instant, s'il y a dans toute ma
boutique une denrée qui ne soit falsifiée ! Allez

examiner ma balance : vous trouverez, sous l'un des plateaux, un petit morceau de lard, grâce auquel je donne douze onces de moins à tous les clients que je sers. Ce procédé est excellent : si l'on s'en aperçoit, je prétexte une erreur, j'invoque le hasard, et tout est dit.

— Et moi, et moi, dit une vieille femme dont l'hilarité avait été trop bruyante pour ne pas attirer l'attention de Patrick, si l'on savait tout ce que je mets dans le lait que je vais, le matin, porter aux gens de Londres !

— Eh bien ! fit un passant qui avait sur la tête un grand panier de vin, vous pouvez vous vanter d'être de fiers gredins, et, si j'étais le maître, vous tâteriez du fouet dont on use à la prison de Newgate pour les « garrotteurs ».

Mais, à cet instant, Patrick fit jouer sa grande aiguille, et, vite, l'homme au panier reprit d'un air pensif :

« Après tout, j'ai peut-être tort de vous vouer au fouet, quand j'ai là, sur ma tête, un liquide frelaté que je porte à une femme qui m'a fait demander six bouteilles de vieux vin pour relever ses forces. Sa famille n'est pas riche et a

dû se saigner à blanc pour acheter ces six bouteilles avec les dix-huit autres que j'ai livrées
précédemment et qui n'auront pas, j'en réponds,
fait grand effet à la malade. Ah ! elle était bien
pâle quand je l'ai vue l'autre jour, assise près
de la fenêtre, le dos sur un oreiller, et, si les
affaires n'étaient pas les affaires, j'aurais, en
vérité, dit à sa mère : « Ma bonne dame, croyez-
« moi : si vous comptez sur ce vin-là pour faire
« du bien à votre fille, vous vous trompez beau-
« coup ; autant vaudrait garder votre argent pour
« lui faire faire une jolie tombe, quand le mo-
« ment viendra. »

Patrick O'Feaherthead ne poursuivit pas davantage ses expériences. Pendant que la lai-
tière échangeait des injures avec l'épicier et
que la foule huait le boucher, il mit sa montre
dans sa poche et se tourna vers son compagnon.

« J'espère, fit-il, que ce n'est pas partout
comme ici. On dirait que ce quartier est un re-
paire de malhonnêtes gens.

— Je ne suis pas sûr qu'il soit plus mal
partagé que d'autres, répondit l'inventeur, qui

était en même temps un sage. Nous vivons à
une époque où la concurrence commerciale a
pris des proportions qui multiplient les ten-
tations.

—Eh bien, allons au Parlement, dit Patrick.
Là du moins il n'y a pas de concurrence commerciale, puisqu'on y fait les lois qui la régle-
mentent.

— Volontiers ! » fit l'étranger.

Tous deux pénétrèrent dans la grande cour,
au moment où des gens de la province se
plaignaient à haute voix d'avoir été volés par le
cocher qui les avait amenés. Vite encore, Patrick tira sa montre, et, pour la première fois de
sa vie, l'automédon descendit de son siège, ôta
poliment son chapeau et courut après les pro-
vinciaux pour leur rendre les quatre shillings
qu'il avait indûment exigés d'eux. Les deux
amis suivirent le grand couloir, où des législa-
teurs se promenaient de long en large avec des
électeurs qu'ils accablaient de sourires et de
tapes sur le dos, et Patrick eut plus d'une fois
envie d'essayer sur cúx sa grande aiguille ;
mais son compagnon lui avait dit d'attendre,

pour reprendre ses expériences, qu'ils fussent installés dans la galerie réservée au public.

La séance venait de commencer, et pour Patrick, qui n'avait jamais été à pareille fête, rien ne pouvait être plus imposant que la vue d'un président du dix-neuvième siècle vêtu d'une robe du seizième. La présence des ministres sur le même banc, assis côte à côte comme de bons frères, l'impressionna aussi très vivement, et il se sentit pénétré de respect pour ces représentants de la Couronne, qui paraissaient si nobles et si dignes. A cet instant, un député se leva et, en termes plus que vifs, interpella le cabinet sur des abus commis par un fonctionnaire haut placé. Patrick frémit. Il respectait trop le pouvoir pour vouloir soumettre un ministre à l'épreuve de la petite aiguille, mais son voisin l'engagea à profiter de l'occasion pour faire faire à l'homme d'État une déclaration absolument contraire à celle qu'il était en train de méditer. L'aiguille fut donc tournée dans la direction voulue, le ministre se leva, et après avoir reconnu, au grand étonnement de ses collègues, que la dénonciation était fondée, il jura

de s'employer à réparer « l'infamie » qu'on venait, avec raison, de révéler à la Chambre.

Un tumulte indescriptible s'ensuivit, et on se
dit à l'oreille que l'orateur avait été pris d'un
accès de folie. Mais cela n'était rien auprès de
ce qui se passa quand, un nouvel abus ayant
été dénoncé, un autre membre du cabinet prit
la parole et s'exprima comme suit :

« Oui, s'écria-t-il avec chaleur, l'abus qu'on
vous signale, existe ; mais j'ai passé ma vie à le
défendre en dessous main, et j'aimerais mieux
perdre la tête que de m'employer à le faire disparaître. D'ailleurs, alors même que je voudrais
le supprimer, je n'y parviendrais pas ; car j'aurais contre moi tous les employés des adminis-
trations, et il est bon qu'on sache que, si je suis
libre de faire le mal, je ne le suis pas toujours
de faire le bien. On m'a rappelé tout à l'heure
qu'avant d'arriver au pouvoir j'avais prononcé
un discours contre cet ordre de faits. Je n'en
disconviens pas, et l'on peut même s'attendre
à m'entendre parler encore dans ce sens-là,
lorsque je ne serai plus aux affaires. Mais un
homme politique ne doit-il pas avoir deux fa-

çons différentes d'envisager les choses, selon qu'il a ou non un portefeuille? Je déclare, quant à moi, qu'elles sont si distinctes l'une de l'autre que, bien que confondues dans un même être, elles font de lui, du moins dans la pratique, deux individus séparés et presque étrangers, l'un à l'autre... »

Ici, le bruit devint tel, que l'honorable ministre fut contraint de s'arrêter. Le cabinet tout entier fit des gestes de consternation, tandis que l'opposition triomphante battait des mains. Cette joie exubérante des membres de la gauche ne pouvait manquer de frapper l'esprit froid et impartial de Patrick, et il braqua son aiguille dans cette direction.

« En vérité, fit un des députés en prenant un air grave, l'honorable préopinant a parlé avec une franchise dont on doit lui savoir gré. Pour ma part, je déclare que j'agirais comme lui si j'étais à sa place, et il n'est pas un de mes amis... »

La fin de sa phrase se perdit dans le bruit. L'aiguille de Patrick jouait maintenant dans tous les sens, et de tous les bancs de la Chambre partaient les aveux les plus étourdissants.

« Que pouvais-je faire? s'écriait l'un; si j'avais voté selon ma conscience, je n'eusse pas été réélu.

— Mes électeurs croient tout ce que je leur conte, reprenait l'autre.

— Croyez-vous bonnement que j'aie d'autre souci que celui de garder ma place? » demandait un troisième.

Et ainsi de suite, jusqu'à ce que le Président, le visage pâle et la perruque en désordre, eut levé la séance au nom de la reine.

« J'en ai assez, dit Patrick en remettant son instrument dans sa poche. Si cette montre ne me sert qu'à faire des découvertes dans le genre de celles d'aujourd'hui, je préfère rentrer chez moi et me pendre.

— Ne voyez-vous donc pas ce que vous pouvez tirer de votre connaissance des faiblesses humaines, répondit l'étranger avec calme. Allons dans les bureaux de journaux, rendons-nous compte de la façon dont on « fabrique » l'opinion publique; visitons les prisons; pénétrons dans les maisons de fous; étudions toutes

les misères, toutes les hontes, tous les drames
cachés, qui affligent l'humanité. Alors nous
serons forts.

— Non, fit Patrick avec force. Je n'ai pas
envie que ma pauvre existence devienne un
perpétuel cauchemar. Il faut conserver des illusions sur ses semblables, ou se décider bravement à les quitter. »

Ils avaient aperçu une voiture et y étaient
montés.

« Où nous faisons-nous mener ? demanda
l'étranger. Retournons-nous à Battersea ?

— Oui, répondit Patrick d'un air triste.

— Soit, répondit l'inconnu, à Battersea. Peut-
être y avez-vous des amis dont ma montre vous
permettra de scruter les pensées, et, si l'épreuve
est favorable, cela vous réconciliera avec le
monde.

— Jamais ! fit Patrick en secouant la tête. Je
perdrais mon temps à vouloir lire dans le cœur
de M. Flint : il n'en a pas. Et quant à Milly
Wood, si j'interrogeais sa pensée, elle me ré-
pondrait par un nom qui n'est pas précisément celui que j'aimerais à entendre. »

Pourtant, l'idée d'essayer la montre sur
Milly tentait singulièrement Patrick. Il n'avait
pas grand espoir que l'épreuve tournerait à
son avantage ; M. Quill et ses quatre-vingt-dix
livres sterling auraient sans doute toujours le
pas sur lui, et d'ailleurs Milly lui avait déclaré
qu'elle n'aimerait jamais un homme dont le
seul moyen d'existence était d'écrire de mauvais vers. Mais pourquoi ne pas faire un dernier
essai, reconnaître que Milly ne valait pas mieux
que le reste des humains, qu'elle était rusée,
dissimulée, ingrate peut-être pour Quill comme
elle l'était pour lui, et se pendre après, de déses-
poir et de dégoût ?

Tandis que Patrick se posait ces questions, il
lui sembla que le mystérieux étranger paraly-
sait de nouveau ses facultés, comme pour tirer
vengeance de ce qu'il refusait de continuer plus
longtemps l'association conclue entre eux le
matin. Il mit la main dans sa poche. La montre
y était encore. Il chercha à la tirer ; mais au
même moment la voiture s'arrêta, et Milly vint
ouvrir la porte d'un air si joyeux et si avenant
que Patrick fut tenté de se précipiter à ses pieds.

Il fit mieux, il tourna vers elle sa grande aiguille. Milly rougit et essaya vainement de s'enfuir.

« Vous savez bien que je vous aime, murmura-t-elle, et que, si j'ai parlé de Marck Quill, c'était uniquement pour vous pousser à faire autre chose que des vers. Mais je ne vous aimerais pas longtemps, si je vous trouvais souvent dans l'état où vous êtes ? »

IV

« Dans l'état où vous êtes ? »

Patrick O'Featherhead ouvrit les yeux, et se trouva couché dans son lit. Son mystérieux ami était assis près de la table : Milly Wood était debout, au pied du lit, préparant une potion.

« Où suis-je ? demanda-t-il.

— Vous avez été gravement malade, répondit Milly, et pour avoir trop bu, je le jurerais. Monsieur, qui est un inspecteur de la police, vous a rencontré ce matin à Chelsea. Vous criiez tout haut que vous vouliez vous tuer, sacrifier votre vie à la science, enfin un tas d'absurdités.

— Je vous ai ramené ici, ajouta l'inspecteur, et j'espère qu'on ne vous reprendra plus à courir les rues dans un pareil état.

— Mais je suis sans ressources, dit Patrick.

— Il est venu pour vous une lettre chargée, fit Milly. C'est sans doute M. Flint qui vous écrit.

— Et le *Journal de Battersea* publie une grande colonne de vos vers, dit l'inspecteur.

— Où est la montre? demanda Patrick stupéfait.

— Oh! oui, vous ne parlez que de cela depuis deux heures, reprit l'inspecteur en riant. S'agit-il de la montre et de la chaîne que j'ai vues, en entrant, sur cette table? »

Miss Milly rougit un peu.

« Mon Dieu, monsieur Patrick, reprit-elle, il faut nous excuser, ma mère et moi. Comme c'est aujourd'hui votre jour de naissance, nous avons voulu vous faire une surprise, et nous avons racheté la montre que vous aviez vendue avant-hier.

— Oh! Milly, dit Patrick à la jeune fille,

tandis qu'elle s'approchait pour lui faire prendre sa tisane, c'est bien bon à vous; mais je regrette pourtant d'être au bout de mon... rêve, car vous m'y disiez que vous m'aimiez.

— Alors, vous ne croyez pas aux rêves? » demanda miss Milly, qui laissa tomber dans son trouble la moitié de la tisane sur le tapis.

LE SECRET DE LORD FAIRLAND

I

On a parfois d'heureuses chances : j'eus
celle d'être accepté comme secrétaire particulier par un de mes parents, riche et haut
placé, le marquis Fairfax de Fairland, qui fit
partie, on s'en souvient sans doute, du ministère Sternmouth.

C'était un tout jeune homme, qu'on eût pu
prendre pour mon frère aîné, d'autant mieux
qu'il y avait entre nous un air de famille très
prononcé. Il avait vingt-sept ans, moi vingt-
quatre. Au point de vue physique, j'étais, au
dire des femmes, mieux partagé que lui, plus
élancé, mieux fait; et je crois pouvoir ajouter

que, sous le rapport de l'esprit, j'étais au moins
à sa hauteur. On lui avait donné un portefeuille,
parce qu'il possédait, dans plusieurs comtés,
d'immenses propriétés, aussi parce que le premier ministre était son oncle. Mais j'étais certainement plus fort que lui en politique, en
science et en histoire, ce qui d'ailleurs, je dois
le dire, ne plaide pas beaucoup en ma faveur,
car il était en ces parties, d'une ignorance peu
commune. Les citations, les exemples dont il
émaillait ses discours à la Chambre des lords,
sont demeurés des modèles du genre; mais il
les débitait avec un tel aplomb, que les plus
érudits d'entre ses auditeurs en venaient à
se demander sérieusement, lorsqu'il commettait
quelque hérésie, si c'étaient eux ou lui qui se
trompaient.

Nous fûmes vite bons amis, peut-être parce
que j'étais le premier camarade de son âge qui
vécût dans son intimité. J'avais été élevé à
Harrow et à Oxford; lui, il avait grandi au
milieu des *clergymen* et des douairières. Il avait
beaucoup de connaissances, mais pas d'amis.
D'un caractère facile, enclin, par tempérament,

à répondre « oui » plutôt que « non » lorsqu'on lui demandait quoi que ce fût, il arrivait à
faire du bien sans en rien dire ; mais il avait
une horreur instinctive des émotions, des
moindres fatigues d'esprit, et je crois qu'une
des raisons qui fit qu'il s'attacha à moi fut que
ma présence près de lui le dispensait d'avoir à
recevoir et à congédier les visiteurs. Peu à peu,
il se laissa aller à me confier le soin de sa cor-
respondance officielle, et je devins ainsi son
factotum, sauf cependant vis-à-vis de ses in-
tendants, avec lesquels il continua d'avoir des
rapports directs. Nous habitions un bel hôtel,
dans Piccadilly, et menions, côte à côte, une
bonne vie de célibataire, car ni lui ni moi
n'étions mariés.

Mais j'arrive au sujet qui m'a fait prendre la
plume.

Lord Sternmouth, qui avait été le tuteur de
Fairland, désirait vivement le marier, d'abord
parce qu'il trouvait que le célibat ne sied pas à
un grand seigneur, ensuite parce qu'il détes-
tait, pour des raisons politiques et pour d'autres,
la branche de notre famille qui aurait hérité

de la fortune du marquis, si celui-ci n'avait pas eu d'enfant.

Il se mit donc à interroger l'horizon avec autant de soin que s'il se fût agi de son fils, et, ayant reconnu que lady Berthe Stowe, fille unique du duc de Snowdon, était la plus riche et la plus distinguée des héritières alors à prendre, il chercha, adroitement pensait-il, à faire partager cette opinion par son neveu.

Lord Fairland n'était pas homme à se laisser entortiller. Il écouta respectueusement les tirades de son oncle sur l'excellence du mariage; il admit même, sans se faire prier, que lady Berthe avait toutes les vertus et tous les charmes; seulement, il ne se montra ni plus prévenant, ni plus aimable pour elle qu'auparavant, si bien que lord Sternmouth et le duc, qui tout d'abord avaient paru radieux et pleins d'espoir, commencèrent à se demander si le marquis avait vraiment envie de se marier ou s'il avait déjà donné son cœur. Cette dernière supposition était la plus vraisemblable; et lord Sternmouth, qui, en sa qualité d'homme d'État, se piquait d'être perspicace, me fit bientôt

l'honneur de me soupçonner de rechercher à
marier Fairland avec ma sœur Mary. Comment
un personnage si absorbé par ses hautes fonc-
tions eût-il le loisir d'apprendre qu'un pauvre
sire comme moi avait une sœur nommée Mary,
je n'en sais rien encore ; mais, lorsque le hasard
m'amena à lui dire que Mary était fiancée à un
petit gentilhomme de la province, il en fut si
ravi qu'il me fit sur-le-champ ses confidences.

Cela se passait dans son salon, au cours
d'une soirée officielle. Il m'attira dans un coin,
et, après avoir essayé vainement, n'en déplaise
à sa diplomatie, de me faire jaser sur le marquis,
sur ses occupations, sur ses goûts, il aborda
nettement la question qui le préoccupait.

« Vous devriez engager votre cousin à se
marier, dit-il ; un homme aussi riche que lui ne
doit pas rester garçon.

— Assurément, fis-je.

— Ah ! reprit-il après une pause, si c'était
vous qui dussiez hériter du marquis, je me sou-
cierais moins de le marier ; mais j'avoue que je
m'indigne à l'idée que sa fortune pourrait passer
aux autres Fairland.

— Je serais enchanté, moi aussi, de voir lord Fairland faire un bon mariage, répondis-je, non sans avoir goûté d'ailleurs le petit compliment que le premier ministre avait bien voulu me faire incidemment.

— Eh bien! parlez-lui dans ce sens; tâchez de le gagner à nos idées, dit lord Sternmouth avec chaleur. Je l'aime beaucoup, et il m'est attaché; mais j'imagine que vous le connaissez mieux que moi, et vous avez aussi plus d'influence sur lui. »

Je rentrai assez préoccupé de la mission qui venait de m'être confiée, et, dès le lendemain, à déjeuner, je me mis en devoir de la remplir, anxieux que j'étais de justifier la bonne opinion qu'on avait eue de moi. Je commençai par dire que j'avais beaucoup admiré lady Berthe, la veille, chez lord Sternmouth, ce qui, du reste, n'était pas vrai, car elle n'y avait pas paru dans la soirée. Fairland me laissa finir ma phrase; puis il m'interrompit en me demandant pourquoi je ne faisais pas la cour à cette lady Berthe, que je semblais tant admirer.

« Parce que je ne puis, moi, prétendre à

l'épouser, répondis-je en rougissant; car l'idée
me vint qu'il était jaloux et qu'il voulait me
mettre à l'épreuve.

— Quand on s'appelle Fairland, on peut
épouser n'importe qui, répliqua le marquis en
remuant son thé, et j'imagine que votre mo-
destie provient tout simplement de ce que vous
avez peur de marcher sur mes brisées. Eh bien !
je vous déclare que vous me rendriez un vrai
service en faisant la cour à cette jeune fille et
en demandant sa main.

— Je vous jure que je n'ai jamais songé à
lady Berthe, repris-je, étonné, quoique persuadé
encore que mon cousin cherchait à lire dans ma
pensée.

— Soit ; mais répugnez-vous à vous marier?

— Oh ! je ne dis pas cela.

— Êtes-vous amoureux?

— Non, en vérité.

— Alors, puisque lady Berthe vous plaît,
faites-lui la cour, dit mon cousin.

— On peut admirer une femme sans l'aimer,
répliquai-je.

— L'amour viendra toujours, fit le marquis.

Vous êtes joli garçon, aimable, plein d'esprit.
Pourquoi ne plairiez-vous pas à lady Berthe?
Si d'ailleurs son père fait des difficultés, je me
charge de les lever en vous donnant une dot.
Nous aviserons alors à vous faire entrer à la
Chambre des communes, et un jour venant on
vous nommera pair. »

Tout cela fut dit sur le ton de l'homme habi-
tué à être obéi, et, de fait, je n'osai rien objecter.
Le marquis se leva, alluma une cigarette et reprit, sans me laisser le temps de lui répondre :

« Je sais que Sternmouth veut me marier à
lady Berthe, et j'avoue que j'ai eu un instant la
pensée de feindre d'en être épris, afin qu'on me
laissât tranquille. J'aurais pu traîner les choses
en longueur pendant des mois, sous prétexte
d'étudier le caractère de ma future; mais il aurait bien fallu finir par s'expliquer, et, en outre, je n'aime pas les subterfuges de ce genre. On
s'expose à troubler le repos d'une femme ou à
nuire à sa réputation. Je déclarerai donc nettement à Sternmouth que je ne vois pas pourquoi il me presse tant de me marier, que même
je veux rester célibataire. C'est la seule façon

d'en finir avec lui. Quant à lady Berthe, si vous ne l'épousez pas, un autre l'épousera à votre place, et vous seriez bien sot de ne pas chercher à être le préféré. »

Ainsi, après m'être mis à table avec l'idée bien arrêtée de pousser mon parent à se marier, je me trouvais amené, entre deux tasses de thé, à me demander si je ne pourrais pas viser à devenir le gendre d'un duc illustre.

Lord Fairland sortit pour aller à son ministère, et je me rendis à la bibliothèque pour répondre aux lettres arrivées le matin. Mais le souvenir de lady Berthe me poursuivait; je rêvais à sa grâce, à sa beauté, à sa fortune; plus je songeais à tout cela, plus il me semblait naturel que le marquis n'eût pas l'ambition d'épouser une aussi charmante personne. J'ai déjà dit que les femmes me trouvaient plus joli garçon que lui. J'ajouterai qu'il était vraiment très mal de sa personne. Il était petit, maigre, pâle, sans physionomie, sans expression dans le regard, et ne se distinguait du commun des mortels que par cet air hautain qu'ont tous nos grands seigneurs. Bref, quand vint l'heure du *luncheon*, j'en étais arrivé à me démontrer deux choses : d'abord que, si lady Berthe n'aimait pas trop l'argent et les titres, je pourrais, tout aussi bien que mon cousin, gagner son cœur; ensuite que le marquis, pour se montrer si peu sensible aux charmes de la fille du duc de Snowdon, devait être amoureux de quelqu'un. De qui? Je l'ignorais et n'aurais pas cherché à le savoir, si je n'y avais été contraint par divers incidents que je vais relater.

Un soir, deux jours après ma conversation avec Fairland, je reçus un billet de lord Stern-mouth, me priant de passer chez lui immédiatement. Je m'empressai, naturellement, de me rendre à cette invitation, et trouvai le premier ministre en proie à une extrême agitation. Le duc de Snowdon était avec lui. Tous deux me regardèrent fixement, d'un air méfiant qui me frappa et me mit mal à l'aise.

« Dites-moi la vérité, Fairland, fit le ministre en fronçant les sourcils, mais d'une voix presque suppliante; vous savez que lord Fairland est marié?

— Marié! m'écriai-je sur un ton d'étonnement qui dut convaincre mes nobles interlocuteurs que j'étais de bonne foi.

— Oui, marié secrètement sous le nom patronymique des Fairland, marié à la veuve d'un petit marchand qui tient boutique dans je ne sais quel faubourg, continua le ministre avec l'accent de l'indignation et du dégoût. Il n'est pas possible que vous ne soyez pas au courant de ses sorties du soir, avec un déguisement.

— Sa femme croit qu'il est commis voyageur, » ajouta le duc de Snowdon, un grand homme, fier et solennel dans ses manières et dans son langage.

Je croyais rêver. Il me semblait qu'on voulait me faire une plaisanterie ou que les deux grands seigneurs en face desquels je me trouvais étaient victimes d'une mystification.

« Lisez ceci, » fit lord Sternmouth, qui s'aperçut à ma physionomie que je doutais encore.

Et il me tendit une sorte de rapport, très volumineux, en tête duquel figurait le timbre d'une agence de renseignements.

II

De ce rapport, il résultait que lord Fairland
avait été constamment suivi depuis trois mois,
qu'il allait voir, à peu près tous les jours, une
jeune femme, une marchande de gants de Paddington, et qu'il l'avait bel et bien épousée,
quoique le nom de son premier mari, qui s'appelait Blake, continuât de figurer au-dessus de
sa boutique. Peu ou point de détails sur cet individu et sur la jeune femme. Ils étaient venus,
au dire du rapport, s'établir un beau jour dans
le quartier de Paddington, et leurs affaires
avaient prospéré jusqu'à la mort de Georges
Blake, qui avait péri dans un accident de chemin de fer, environ un an après son mariage.
L'agence n'avait pu découvrir où cet homme et
sa femme avaient habité auparavant; ils pas-
saient pour ne pas faire bon ménage, à cause
des habitudes d'ivrognerie de Georges, et sans
l'activité et le courage de Mrs Blake, peut-être
aussi sans sa beauté, qui attirait chez elle nombre de clients, la boutique de gants eût été fer-

mée depuis longtemps. Les Blake n'avaient pas
d'enfant. C'était dix-huit mois, environ, après
la mort de son mari que la jeune veuve avait
épousé secrètement lord Fairland. Sur le registre de la paroisse, où le mariage avait été célé-
bré, on lui donnait vingt-quatre ans.

Pendant que je lisais ces détails, avec un
étonnement que l'on devine, lord Sternmouth
et le duc causaient à voix basse. Le duc feignait
l'indifférence ; mais lord Sternmouth était très
irrité, et les mots d' « aventurière », de « femme
perdue » revenaient à tout instant sur ses lèvres. Je n'oublierai jamais l'expression de son
visage lorsqu'il se retourna vers moi après que
j'eus achevé ma lecture.

« Eh bien, fit-il, qu'en dites-vous? Jolie affaire, n'est-ce pas? »

Il fit un geste d'impatience, comme s'il m'eût
trouvé trop modéré et trop calme en face de
telles révélations.

« Je tombe de mon haut, *mylord*, répondis-je.

— Vous me donnez votre parole d'honneur
que vous ne soupçonniez rien de tout cela ?

— Je vous le jure, repris-je avec vivacité.

— Maintenant, ajouta-t-il, remettez-vous, rappelez bien vos souvenirs, et voyez s'il ne s'est rien passé qui eût dû éveiller vos soupçons. »

J'interrogeai ma mémoire, mais sans le moindre résultat, et je fis remarquer à lord Sternmouth que j'étais bien rarement avec le marquis, une fois l'après-midi commencée. Il allait au Parlement, à son ministère ; le soir, il allait dans le monde. C'était, du moins, ainsi que je m'expliquais l'emploi de son temps, et je n'avais jamais songé à en savoir davantage.

« Croyez-vous, demanda le premier ministre, que son valet de chambre soit dans la confidence ? »

Je ne répondis rien. Il ne me convenait pas de faire le rôle d'espion, et lord Sternmouth, qui devina mes scrupules, n'insista pas.

« Nous n'avons plus besoin de vous, » ajouta-t-il.

Puis, comme j'allais me retirer, il reprit :

« Pas un mot de notre conversation à lord

Fairland. Il est la dupe d'une aventurière ; laissez à Sa Grâce et à moi le soin de suivre cette affaire. Votre intervention ne pourrait que compliquer les choses. »

Je fus ravi de n'avoir qu'à me taire. On ne gagne rien à se jeter en travers des plans d'un amoureux, et je connaissais assez mon cousin pour être certain qu'il me congédierait immédiatement si je faisais mine de me mêler de cette partie, par trop privée, de ses affaires, ce qui m'eût d'autant plus peiné que je lui étais, en vérité, très attaché. Lord Sternmouth me serra la main quand je pris congé de lui, et Sa Grâce le duc de Snowdon daigna m'honorer d'un de ces signes de tête avec lesquels les grands de ce monde tiennent leurs inférieurs à distance. Pour un homme qui songeait à devenir son gendre, cela n'avait rien d'encourageant.

Je quittai Downing street très impressionné et très embarrassé aussi par le secret que j'en emportais. Comment un personnage du rang de mon cousin, si orgueilleux, si fier de sa naissance, si plein de préjugés aristocratiques,

12

avait-il pu se mésallier? Je n'en revenais pas,
sans pouvoir toutefois me résigner à le blâmer,
tant il me semblait clair que, seule, une grande
passion avait pu le pousser à faire ce mariage.
Même cette conviction devint si forte chez moi,
que je me sentis trembler à la pensée de tout
ce que lord Sternmouth allait faire, sans nul
doute, pour réparer, à sa façon, ce regrettable incident. Il avait pris un air commina-
toire en prononçant le mot d' « aventurière »,
et le geste dont il l'avait souligné avait été plus
marquant encore. Pourtant, je ne voyais pas
trop ce qu'il pourrait tenter. Tout au plus pour-
rait-il exiger que le marquis quittât le ministère ; mais un mariage ne se rompt pas comme
une liaison, et, si celui de lord Fairland avait
été contracté régulièrement, l'annuler n'était
pas possible. D'ailleurs, en admettant que lord
Sternmouth y découvrît quelque irrégularité,
Fairland serait toujours à même de la réparer
en se faisant marier une seconde fois. Cette réflexion m'amena à songer à sa femme (Amy
Fairland, pour l'appeler par son nom) et à me
demander s'il lui avait dit, ou non, qui il était.

La question était intéressante, et je la retournai dans tous les sens, en continuant à me diriger vers Saint-James street.

La soirée était superbe, le temps clair, l'air frais. Soudain, l'envie me prit d'aller voir la boutique des Fairland, et je sautai dans une voiture, sans me laisser le temps de réfléchir aux conséquences que ma curiosité pouvait avoir. Je ne voulais, au surplus, que passer devant le magasin et jeter un coup d'œil dans l'intérieur; mais, petit à petit, je ne m'en tins plus là, et je me promis d'entrer, sous prétexte de faire une emplette.

Fairland devait évidemment s'arranger de manière à éviter toute rencontre gênante; je pouvais être certain de ne pas le trouver là. C'était un des hommes les plus connus de Londres. Son portrait figurait à toutes les vitrines de photographes; quiconque l'eût vu dans le magasin l'aurait aussitôt reconnu, et il est probable qu'il entrait dans la maison par une porte de derrière. La possibilité d'une rencontre avec lui n'avait, après tout, rien qui pût m'effrayer outre mesure. Il était loin de connaître

tous mes amis; je pourrais dire que j'étais invité à prendre le thé chez l'un d'eux, près de
là, et que j'étais entré, en passant, acheter une
paire de gants. Rien de cela ne pouvait éveiller
ses soupçons, d'autant mieux que j'étais en habit noir, ayant jugé convenable de faire un bout
de toilette avant de me rendre chez le ministre.

Quelques instants plus tard, mon cab me dé-
posait dans une de ces rues neuves, à l'aspect
provincial, qui abondent dans le quartier de
Paddington. Les maisons étaient étroites, peu
élevées et me parurent occupées par de petits
employés. Les boutiques étaient fort rares et
semblaient médiocrement achalandées. L'une
d'elles, cependant, se distinguait des autres par
son air coquet et par son étalage, qu'éclairaient
deux larges becs de gaz; l'enseigne portait, en
lettres dorées, le nom de Blake. Il n'y avait pas
à s'y tromper, c'était la boutique de la femme
de Fairland.

Je m'arrêtai un instant à la porte et regardai
dans l'intérieur. Tout y était propre, soigné,
bien tenu, arrangé avec un goût exquis. Der-

rière le comptoir, j'aperçus une jeune femme remarquablement belle, qui ne me parut pas avoir plus de vingt ans; elle était assise et lisait.

Je tournai le bouton de la porte et j'entrai. Mrs Fairland — car je devinai que c'était elle — se leva et me demanda ce que je désirais. Ses manières, sa façon de parler étaient celles d'une femme de bonne compagnie; assurément, je n'étais pas au bout de mes surprises.

« Je voudrais des gants blancs, lui dis-je en indiquant en même temps mon numéro.

— J'ai peur de ne pas en avoir qui vous conviennent, fit-elle, mes provisions de gants blancs étant presque épuisées. Mais, si vous pouviez attendre quelques minutes, j'en aurais, je crois, qui vous iraient : on doit m'en apporter ce soir même.

— Les aurez-vous bientôt?

— Avant une heure, au plus tard. M. Blake est allé les chercher. »

Je songeai, à part moi, que le M. Blake dont elle parlait était Fairland, et je remerciai

mon cousin de n'avoir pas introduit le nom de
notre famille dans le commerce de la ganterie.
Puis, comme je désirais causer avec Mrs Fairland, je lui dis que j'attendrais volontiers, et j'en-
tamai la conversation, tout en essayant des
gants que j'avais demandés, pour me donner
une contenance.

Elle était plus que jolie, et, bien qu'elle fût
d'une taille au-dessus de la moyenne, tout en
elle était petit. Ses mains étaient fines, mi-
gnonnes; sa taille, souple et si mince qu'un collier en eût pu faire le tour; son visage, un mo-
dèle de symétrie. Elle avait les cheveux d'un
noir de jais, de grands yeux bleus, doux et ex-
pressifs; une bouche tellement petite, qu'une
cerise devait n'y entrer qu'avec peine; des lèvres roses, fraîches, qui laissaient voir, quand
elles s'ouvraient, deux merveilleuses rangées
de dents. Certes, en admettant que lord Fairland eût pu être traduit devant ses pairs pour
s'être mésallié, il n'est pas un de ses juges qui
ne l'eût excusé et absous en voyant cette ravis-
sante créature. Pour ma part, j'avais vu bien
des jolies pairesses, mais je n'en avais jamais

rencontré une qui méritât mieux, par sa beauté,
de porter une couronne, que cette petite marchande de gants dans sa simple robe de soie
noire, avec un col plat et des poignets blancs.

« Vous avez là une bien jolie boutique, repris-je en me faisant ouvrir une paire de gants
en peau de chien.

— Oui, répondit-elle ; elle plaît à tout le
monde. Aussi avons-nous tant de clients, qu'il
y a des jours où nous avons de la peine à les
servir.

— Pourquoi ne pas changer de quartier ? Celui-ci est désert et un peu écarté.

— C'est mon rêve, fit-elle en soupirant ; mais
M. Blake ne veut pas en entendre parler. Il
aime ce quartier-ci.

— C'est une passion qui lui passera un jour
ou l'autre.

— Je ne le crois pas. Hier encore, il a voulu
me convaincre que nous étions très bien ici. »

A cet instant, un coup de sonnette se fit entendre dans la direction de l'arrière-boutique.
Mrs Fairland me pria de lui permettre de me
laisser seul un instant, et revint presque immé-

diatement avec une boîte de gants que M. Blake,
dit-elle, venait de rapporter. J'avais donc déjà
découvert deux choses : lord Fairland entrait
dans la maison par une porte particulière, et sa
femme ne soupçonnait pas son identité. Elle
eût, en effet, compris et partagé sa répugnance à
quitter Paddington, si elle avait su qui il était.

Mais ce dernier indice, tout significatif qu'il
pouvait être, ne me parut pas concluant, et,
pour achever de m'édifier sur un point aussi
important, je la priai de vouloir bien faire porter chez moi les gants que j'avais achetés.

« Voulez-vous inscrire mon nom, ajoutai-je,
en la regardant de façon à ne pas perdre le
moindre de ses mouvements : M. Franck
Fairfax, hôtel Fairland, rue de Piccadilly. »

Elle eut un léger tressaillement, mais presque imperceptible, qui pouvait s'expliquer par
l'étonnement que nous éprouvons tous quand
le hasard nous place en face d'un homonyme,
et elle écrivit mon adresse sur son registre, le
plus tranquillement du monde.

« Le paquet sera remis chez vous ce soir
même, » fit-elle.

Et elle me rendit ma monnaie.

Mais, comme j'ouvrais ma bourse pour y remettre mon argent, elle me regarda d'un air
étrange, presque craintif, qui me surprit d'abord,
mais dont la glace, en face de moi, m'eut vite
donné l'explication. J'ai déjà dit en effet qu'entre Fairland et moi il y avait un air de famille ;
mais parfois certaines poses, certains gestes qui
nous étaient communs à tous les deux, ren-
daient notre ressemblance frappante. Par exemple, nous mettions, lui et moi, notre chapeau
sur les yeux ; nous avions la même façon de
porter le pardessus : les mains dans les poches, le cou ratatiné dans les épaules, comme
on fait les jours de froid. Bref, en me regardant
dans la glace, il me sembla voir lord Fairland,
alias M. Fairfax ou M. Blake.

Je me hâtai de quitter la boutique, car je sentais que j'avais commis une imprudence. Et en
effet, quand je me retournai, une fois au bout
de la rue, je vis la petite marchande de gants
sur le seuil de sa porte, qui me suivait des yeux.

III

Il y avait quelque chose de très divertissant,
en vérité, dans ce fait d'un personnage comme
le marquis de Fairland quittant son ministère
pour faire la provision de gants d'une marchande de Paddington. Il était si fier, si hautain
dans ses rapports avec les autres pairs, que
j'eusse aimé à le voir se faufiler, en tapinois,
dans l'arrière-boutique, et à l'entendre gronder
par sa petite femme pour avoir apporté trop de
« numéros six » et pas assez de « huit ».

Comme il devait l'aimer, cette femme, pour
lui sacrifier ainsi toutes ses habitudes, tous ses
instincts de grand seigneur ; ou tout au moins,
quel fonds d'excentricité il devait y avoir en lui
pour qu'il pût mener cette vie étrange et malheureuse ! Peut-être sa fortune, son rang lui
étaient-ils devenus à charge, ou éprouvait-il
comme un repos d'esprit à jouer le rôle de bou-
tiquier. Il est certain que cette existence en
partie double, tantôt dans un milieu, tantôt
dans un autre, eût été, pour un esprit enclin

aux idées ou aux études philosophiques, une source intarissable de remarques piquantes et de rapprochements intéressants ; mais mon cousin n'avait rien du philosophe.

Quoi qu'il en soit, j'étais bien trop inquiet des conséquences que ma promenade à Paddington pouvait amener, pour avoir la moindre envie de rire aux dépens de Fairland. Sa femme ne manquerait pas de lui parler de ma visite, et il profiterait de notre premier tête-à-tête pour tâcher de savoir ce qui m'avait attiré là. Ce fut, effectivement, ce qui arriva. Quand le marquis vint me retrouver, le lendemain matin, dans la salle à manger, il semblait agité, et j'eus vite reconnu qu'il se mettait à la torture pour que je ne visse pas combien il lui tardait de commencer mon interrogatoire.

Nous parlâmes, comme d'habitude, du temps, qui était beau, du Parlement, qui approchait du terme de ses travaux ; puis, n'y tenant plus, il me dit, en feignant un air dégagé :

« Je suis allé, par hasard, à l'Opéra hier soir, et j'ai été surpris de ne pas vous y voir. D'ha-

bitude, on vous trouve à toutes les représenta-
tions de gala.

— J'étais invité à passer la soirée chez un de
mes amis, un vieux monsieur, qui a été jadis
mon professeur et qui s'est retiré à Paddington.

— Soirée monotone, hein?

— Comme vous le dites : du thé et de la musique, ça n'avait rien de bien attrayant. Mais
j'ai fait une vraie découverte dans ce quartier : une boutique de gants, unique dans son
genre. »

Lord Fairland prit un œuf, et j'en fis autant,
en continuant de parler sur un ton qu'à mon
tour je m'efforçais de rendre naturel. Mais rien
n'est difficile comme ce genre d'effort. Il me
semblait que tous les muscles de mon visage se
contractaient et que ma voix avait un timbre
rauque. Très heureusement, Fairland était tout
entier à son œuf et ne me regardait pas.

« Unique, reprit-il ; qu'est-ce que cela veut
dire?

— D'abord, que la boutique est très bien as-
sortie, très bien tenue ; ensuite, qu'il y a là

une vraie merveille de femme. Je n'en ai jamais
vu de plus jolie.

— Vous paraissez très occupé du beau sexe,
fit le marquis presque sèchement : l'autre jour,
vous ne parliez que de lady Berthe ; à présent,
c'est le tour de..., comment appelez-vous votre
nouvelle passion?

— J'ai vu le nom de Blake sur la porte.

— Et vous l'avez retenu?

— Il est si court!

— A propos, il me semble avoir vu ce nom-
là sur un paquet, dans l'antichambre.

— En effet, j'ai dit qu'on m'envoyât deux
douzaines de paires de gants.

— La boutique de Paddington va vous compter parmi ses fidèles, j'imagine.

— Oh! non, la marchande est mariée, et
puis c'est un peu loin. »

Fairland se tut. J'avais, je crois, habilement
joué mon rôle, et il s'était, de son côté, bien
acquitté du sien. Je jetai sur lui un regard
furtif : sa physionomie était impassible, son
œil calme, sa main ferme. Il se mit à me parler
des choses du jour, notamment d'un débat qui

avait lieu, le soir, à la Chambre des lords et auquel il devait prendre part. Au moment de quitter la salle, il me pria de lui apporter au Parlement, vers quatre heures, les notes dont il avait besoin pour son discours. Tout cela était dit du ton le plus naturel et, en apparence, le plus tranquille.

Rien de particulier durant l'après-midi. J'allai rejoindre le marquis à la Chambre ; il lut attentivement mon travail, rentra dans la salle des séances et prononça un discours qui ne dura pas moins d'une demi-heure. Un pareil empire sur soi-même, de la part d'un homme comme mon cousin, mettait le comble à ma surprise, et je me demandais ce que j'en devais penser, quand je sentis une main se poser sur mon épaule. C'était lord Sternmouth.

« Eh bien ! que pensez-vous du *speech* de Fairland, fit-il à demi-voix, après m'avoir entraîné dans un couloir.

— Mais... je le trouve parfait, *mylord*.

— Quel dommage, n'est-ce pas, qu'un garçon qui promet tant, ait sa carrière brisée par une aventurière !

— L'épithète est peut-être un peu dure, répliquai-je d'un ton toujours respectueux, mais ferme. Je voudrais que vous vissiez cette jeune femme ; moi, je suis allé hier à Paddington.

— Ah ! fit-il d'un air intéressé.

— Oui, et je ne m'étonne plus que lord Fairland se soit épris de cette marchande de gants, au point d'avoir voulu l'épouser. Rien ne peut vous donner idée de sa beauté, de sa grâce, de sa distinction.

— Que me contez-vous là ? interrompit le ministre : une paire de beaux yeux et une voix roucoulante, n'est-ce pas ? Vous autres jeunes gens, vous êtes tous les mêmes. Ce mariage est une folie, je vous le répète, une folie absurde, à laquelle il faut remédier au plus tôt, si c'est possible, car elle ne peut amener que misère et que honte.

— Je regrette de ne pas être de votre avis, *mylord*, répliquai-je en mettant dans ma voix tout le respect dont j'étais susceptible ; mais il me semble à moi que la seule chose à faire est de reconnaître publiquement le mariage. Lady Fairland m'a paru bien élevée ; et le peu que j'ai vu d'elle m'a laissé l'impression qu'elle ne serait pas déplacée dans la haute société.

— Il ne manquerait plus que cela, dit lord Sternmouth avec emportement; non, laissez-moi mener cette affaire comme je l'entends, et tâchez, vous, d'être discret. »

Je m'inclinai profondément, tout en le regardant furtivement : il avait un air courroucé qui m'effraya. De fait, un vieil homme d'État comme lui, sans sensibilité, sans illusion et imbu de préjugés, était capable de bien des choses pour empêcher son neveu de mettre sa couronne et sa fortune aux pieds d'une marchande. Mon cœur se serra à cette pensée; il me semblait que tout cela finirait mal. J'allai dîner à mon club et me rendis ensuite chez le duc de Snowdon, où il y avait grande fête. Là, je fus forcé de me distraire; je me fis présenter à lady Berthe, et j'eus même le plaisir de danser avec elle. Mais j'avais à peine quitté le bal que mes pressentiments revenaient m'assaillir. En vain, pour me calmer, me répétais-je à satiété qu'après tout lord Sternmouth n'avait pas le pouvoir d'annuler le mariage de Fairland, sans le consentement de celui-ci ; tous mes beaux raisonnements ne parvenaient pas à me rassurer, et le jour commençait à paraître lorsque je réussis à m'endormir, épuisé par les mille conjectures auxquelles je venais de me livrer.

Ce que dura ce sommeil, je n'en sais rien ; mais il faisait grand jour quand je me sentis secoué par les épaules, assez rudement, je dois le dire, et que je vis Fairland, debout près de mon lit. Il était pâle et parlait d'une voix sèche qui eut vite achevé de me réveiller tout à fait.

« Vous allez me dire la vérité, Franck, fit-il.

— Qu'y a-t-il ? demandai-je en me frottant les yeux.

— Qu'avez-vous fait de cette jeune femme de Paddington que vous avez tant admirée avant-hier ? reprit le marquis en me regardant d'un œil sévère.

— Comment, ce que j'ai fait de cette jeune femme ; mais rien du tout ; que voulez-vous dire ?

— Elle a disparu, et je vous soupçonne de l'avoir enlevée.

— Grand Dieu ! Fairland, m'écriai-je avec l'accent de la consternation, que me dites-vous là ? vous me croyez capable d'enlever votre femme, et vous la croyez, elle, capable de me suivre.

— Ma femme ! fit le marquis, qui, à ce mot et à ma grande surprise, se calma soudainement. Vous savez donc que je suis marié ?

— Oui, répondis-je. Il y a deux jours, lord Sternmouth m'a tout appris, et, si lady Fairland a disparu, c'est qu'il l'aura fait enlever. J'avais le pressentiment qu'il arriverait quelque chose.

— Alors, pourquoi ne m'avoir pas prévenu ? demanda mon cousin, qui avait décidément recouvré toute sa sérénité.

— J'avais juré sur l'honneur à lord Sternmouth de ne rien vous dire, et, de plus, j'avais peine à imaginer qu'on en viendrait à faire une infamie sous prétexte de vous rendre service. Combien je regrette maintenant de n'avoir pas écouté mes pressentiments !

— Remettez-vous, fit le marquis en s'asseyant, et racontez-moi tout ce qui s'est passé entre vous et mon oncle. »

Puis, comme pour m'ébahir davantage, il prit un cigare et l'alluma.

Je lui racontai tout ce que je savais : mon entrevue avec lord Sternmouth et le duc de Snowdon, le rapport de l'agence de renseignements, ma visite à la boutique de gants, ma conversation avec le premier ministre à la Chambre des lords. Le marquis m'écoutait attentivement et, de temps en temps, faisait un signe de tête ; mais sans manifester la moindre émotion. De la part d'un homme dont la femme venait de disparaître dans des conditions mystérieuses, un pareil sang-froid dépassait tout ce que j'aurais pu jamais imaginer. Il continua de fumer son cigare, tranquillement, sans se presser, et, quand j'eus fini, il me tendit la main.

« Je crois, dit-il, qu'il n'y a pas lieu de s'effrayer outre mesure ; j'irai voir Sternmouth, et j'arrangerai cela. »

Quelques minutes plus tard, j'entendais résonner les roues de son brougham sur le pavé de Piccadilly.

IV

On devine que je me levai immédiatement,
pour être prêt à répondre au premier appel de
mon cousin. Mais deux heures s'écoulèrent
sans qu'il revînt, et je commençais à m'inquiéter, lorsque, en ouvrant le journal, j'y vis
que lord Sternmouth était parti la veille pour
Osborne. Évidemment le marquis avait été le
chercher jusque-là, et il ne pouvait pas, en
mettant tout au mieux, être de retour avant le
soir.

Comment me résigner à laisser passer toute
une journée sans faire la moindre tentative
pour retrouver la trace de lady Fairland? Outre
l'affection que j'avais pour mon cousin, l'intérêt que m'avait inspiré sa femme me com-
mandait de ne pas rester les bras croisés. Je
ne partageais pas la sécurité feinte ou réelle
de Fairland. Sans doute, il avait lui l'arrière-
pensée que lord Sternmouth aurait des scrupules, des remords qui l'empêcheraient de
pousser les choses trop loin; moi, je n'avais

pas cette opinion. Un premier ministre a mille
moyens de se débarrasser des gens qui le gê-
nent sans se compromettre personnellement,
et lady Fairland pouvait bien avoir été expé-
diée sur le continent, en Italie, en France ou
en Espagne, sous l'escorte d'agents chargés de
la conduire dans un couvent où il serait presque impossible de la retrouver ensuite. Mes
prévisions s'arrêtaient là ; mais ma foi dans
l'honnêteté des hommes d'État n'était pas tellement robuste, que je ne me rappelasse point
certaines histoires de malheureux qui, après
avoir disparu mystérieusement, avaient été,
plus tard, trouvés noyés, toujours aussi mystérieusement, et ces souvenirs n'avaient rien
de rassurant.

M'adresser à la police pour avoir des renseignements ou pour obtenir qu'elle m'aidât à
retrouver lady Fairland n'était guère possible,
puisque je manquais moi-même des indications
nécessaires aux recherches de cette nature. Je
songeai donc que le mieux que je pusse faire
était d'aller à Paddington, où j'apprendrais
peut-être ce qui s'était passé, où j'avais chance,

dans tous cas, de recueillir des informations propres à me mettre sur la voie. Les moindres indices, en pareille circonstance, sont souvent autant de traits de lumière.

Une indicible émotion s'empara de moi ; je montai en voiture, et mon cœur battit de plus en plus, à mesure que j'approchais de la boutique de gants. Lady Fairland avait fait évidemment sur moi une impression plus profonde que je ne l'avais cru jusque-là, et cette réflexion ajoutait encore à mon trouble. En étais-je venu à souhaiter que mon cousin ne fût pas marié, ou à désirer, du moins, qu'il eût épousé n'importe qui, pourvu que ce ne fût pas la petite marchande de Paddington ?

Peu soucieux de me donner en spectacle aux gens du quartier, s'il advenait que je ne parvinsse pas à me contenir en revoyant l'endroit où j'avais, peu de jours avant, laissé lady Fairland si contente et si gaie, je priai mon cocher de m'arrêter au coin de la rue. Une fois là, je me promenai de long en large pendant dix bonnes minutes, pour tâcher de reprendre possession de moi-même, puis j'allai droit au magasin.

Mais quelle ne fut pas ma surprise, quand, en approchant, je vis d'abord que le magasin était ouvert, ensuite que Mrs Fairfax ou Mrs Blake, si l'on aime mieux, était assise derrière le comptoir, comme si rien ne fût arrivé. Quelqu'un lui achetait des gants, et elle souriait en lui parlant!

J'entrai; elle me tendit la main d'un geste impulsif, comme par instinct, et je vis que, malgré son air enjoué, elle était pâle et agitée.

« Enfin, m'écriai-je dès que nous fûmes seuls, vous voici saine et sauve?

— Vous avez donc appris ce qui m'est arrivé? fit-elle d'un air intrigué.

— J'ai su que vous aviez disparu, et je redoutais pour vous quelque malheur.

— Vous connaissez M. Blake?

— Certainement.

— Je veux dire M. Fairland, reprit-elle, car il porte le même nom que vous. Même vous vous ressemblez tant que vous devez être parents?

— Oui, parents éloignés, balbutiai-je, assez embarrassé, en remarquant que lady Fairland

ignorait encore la qualité de son mari. Mais,
dites-moi, que s'est-il donc passé?

— Quelque chose de bien étrange! »

Et sa physionomie prit une expression à la
fois souriante et craintive, comme si son aventure eût eu ses incidents piquants en même
temps que ses côtés dramatiques.

« Figurez-vous, continua-t-elle, que je suis
sortie hier pour faire une course et qu'au moment où je tournais le coin d'une rue, un homme
m'aborda, tout essoufflé, disant qu'il avait couru
après moi, que M. Fairland venait d'arriver,
qu'il s'était trouvé mal en entrant et qu'il me
priait de revenir de suite au magasin. Un cab
passait, je le fis arrêter et j'y montai. L'homme
grimpa sur le siège; un autre, que je n'avais
pas aperçu jusque-là, s'installa auprès de moi,
et le cocher, qui était évidemment leur complice,
partit au grand trot dans une direction tout à
fait opposée à celle que nous aurions dû prendre. J'eus peur, et je voulus crier; mais on me
mit sur la bouche un mouchoir imbibé de chlo-
roforme, et depuis cet instant jusqu'à l'heure
où je me retrouvai, dans une chambre, je ne

sais où, en face de deux hommes, je n'eus plus conscience de moi-même. Ces deux individus se montrèrent d'ailleurs pleins d'égards; ils cherchèrent à me rassurer; ils me répétèrent sur tous les tons qu'il ne me serait fait aucun mal; mais, dès que je leur parus suffisamment remise pour pouvoir subir un interrogatoire, ils m'accablèrent de questions de toutes sortes qui me montrèrent immédiatement qu'ils me prenaient pour milady Fairland. Quand je leur eus dit que je n'étais pas mariée.....

— Vous n'êtes pas mariée! m'écriai-je en faisant un pas en arrière.

— Mais non; je ne suis pas la femme de M. Fairland; je m'appelle Ada Mildmay, reprit-elle avec l'accent de la candeur; et quand j'eus dit et redit cela à mes deux hommes, au point qu'ils n'en purent plus douter, les bras semblèrent leur en tomber. Je les entendis chuchoter qu'ils avaient commis une méprise, qu'il n'y avait plus qu'à me reconduire chez moi. Sur quoi, ils me mirent dans une voiture, et me voici.

— Ils ont été vraiment convenables à votre

égard? Vous n'avez pas eu à vous en plaindre ?
demandai-je avec anxiété.

— Loin de là, répondit-elle en riant; ils
m'ont offert du vin, des sandwiches, et ils ont
poussé la politesse jusqu'à payer la voiture qui
m'a ramenée ici. Mais dites-moi, à votre tour,
qui m'a valu cette aventure; vous avez l'air d'en
savoir long là-dessus!

— Je ne sais rien, je vous l'assure.

— Ne niez pas; c'est inutile. Vous vous appelez Fairland; on m'enlève le lendemain du
jour où vous venez ici pour la première fois, et
vous voudriez que je prisse ces coïncidences
pour autant de jeux du hasard. Convenez que
vous voici singulièrement embarrassé. »

Je l'étais tellement que, pour ne pas me
laisser aller à dire plus que je ne devais, je
pris brusquement congé d'elle. Comment entrer dans des explications sans trahir Fairland?

Je balbutiai quelques mots d'excuse, en lui
promettant de revenir un autre jour, et quittai
précipitamment la boutique.

Cette fois, je ne me retournai pas pour
voir si elle me regardait. J'allai droit devant

moi, et, sautant dans le premier cab que j'aperçus, je dis au cocher de me conduire à Piccadilly.
A quoi pensai-je dans le trajet ? Je n'en sais
vraiment rien. Toutes mes idées étaient con-
fuses, et deux points seulement m'apparaissaient
distinctement : Ada n'était pas mariée, et mon
cousin vivait dans des mystères que je ne par-
venais pas à pénétrer. Combien il me tardait
d'arriver au soir pour pouvoir mettre fin à mes
anxiétés et à mes doutes, en communiquant à
Fairland ce que j'avais appris et en le forçant
à s'expliquer. J'étais bien décidé à aller le rejoindre s'il ne revenait pas par le train de six
heures, et, en attendant, il me sembla utile de
lui envoyer une dépêche. Je me fis arrêter devant le premier bureau télégraphique et écrivis
ceci : « Elle est retrouvée; je l'ai vue saine et
sauve à Paddington. » L'employé me garantit
que mon message parviendrait à destination
avant une demi-heure, et cette assurance me
calma un peu. Mais qu'avait-il pu se passer entre le marquis et mon oncle ? Cette pensée me
préoccupait tant que, quand, en débouchant
dans Piccadilly, j'aperçus le brougham du pré-

mier ministre allant au petit trot vers Downing
street, je crus que la providence, prenant en
pitié mes angoisses, se mettait de mon côté.
Lord Sternmouth était dans sa voiture; je vis
sa tête grise penchée sur des dépêches, et je
conclus de là soit qu'il n'avait pas été à Osborne, contrairement au dire des journaux,
soit qu'il en était reparti presque immédiatement. Je dis à mon cocher de suivre le brougham, et, au moment où le premier ministre
descendait devant sa résidence, je courus à lui,
en ôtant mon chapeau.

« *Mylord*, lui dis-je, le marquis est parti
ce matin pour Osborne. Il a besoin de vous
parler.

— Nous nous serons croisés, répondit-il. Je
n'ai fait qu'une courte apparition là-bas, le
temps de prendre les ordres de la reine. Savez-
vous ce que lord Fairland a à me dire?

— Il voulait vous parler de la disparition de
cette jeune femme que vous croyiez qu'il avait
épousée.

— Je n'ai jamais rien cru ni rien dit de semblable, Fairland. Vous rêvez !

— Votre Excellence ne m'a-t-elle pas fait
l'honneur, hier même, de m'entretenir du mariage clandestin du marquis?

— Je n'en ai pas le plus léger souvenir, » fit
le ministre avec un imperturbable sang-froid.

Cette étrange effronterie me décontenança un
instant; mais je n'étais pas d'humeur à laisser
personne se rire de moi, et je répondis d'un ton
presque irrité :

« Votre Excellence ne peut pas avoir oublié
ce qu'elle m'a dit du prétendu mariage de Fairland avec une marchande de gants, ni les prières dont elle a accompagné cette confidence. »

Le ministre vit qu'il serait inutile de chercher
à prolonger le quiproquo qu'il avait voulu établir.

« L'agence s'est trompée, fit-il en riant, et
elle nous a mal renseignés. Il ne s'agit pas d'un
mariage, mais d'une liaison, et ni vous ni moi
n'avons à nous mêler de cela. Mon neveu est
d'âge à savoir ce qu'il fait. »

V

« Il ne s'agit que d'une liaison, » avait dit lord Sternmouth. Ces mots du vieux ministre et son air goguenard m'allèrent au cœur, car qu'en pouvais-je conclure , sinon qu'Ada Mildmay était la maîtresse de mon cousin. Je me rappelai le calme du marquis pendant qu'il me parlait de l'enlèvement, la façon dont il avait fumé son cigare en m'écoutant, le ton de tranquillité sur lequel il avait rompu notre entretien, en m'annonçant qu'il allait voir lord Sternmouth. Il n'y avait plus à en douter : le mystère ne cachait qu'une liaison, et, qui pis est, une liaison dont l'un des deux, au moins, avait assez.

Et pourtant, l'avouerai-je ? ces faits , dont l'évidence s'imposait à ma raison, restaient sans prise sur mon cœur. Ces beaux yeux qui m'avaient paru, tout à l'heure, si pleins d'innocence, ne pouvaient pas m'avoir menti. On ne regarde pas ainsi, quand on a cessé d'être pure; on n'a pas cet accent ingénu, quand on sait qu'on ne peut plus être sincère; on n'a pas ce rire franc et ouvert, quand on vit de soucis et peut-être de remords. Le cœur l'emporte toujours sur la raison, et je finis par me dire qu'Ada devait être sans tache.

Je rentrai et m'enfermai dans la bibliothèque, cherchant dans le travail une diversion aux préoccupations qui m'assiégeaient. Mais en vain essayai-je de répondre aux lettres du marquis, ma plume n'écrivait rien de bon, et, au lieu de faire ma besogne, je dessinais machinalement des ronds sur mon papier, lorsqu'un domestique vint me dire « qu'une certaine miss Mildmay voulait absolument me voir ». Au même instant, Ada elle-même entrait dans la bibliothèque.

« C'est à propos des gants que vous avez achetés chez moi, que j'ai pris la liberté de vous déranger, » fit-elle, pendant que je m'avançais à sa rencontre.

Puis, le domestique s'étant retiré, elle reprit d'une voix agitée :

« Écoutez, monsieur Fairland, il faut que vous me disiez la vérité, car je suis en train de perdre la tête. J'ai trouvé dans le « Livre d'adresses »

le nom d'un marquis Fairfax de Fairland, et le
Livre dit qu'il demeure ici même. Est-ce donc
vous qui seriez lord Fairland ? »

Je secouai la tête négativement.

« Alors c'est la personne que nous appelons,
vous et moi, M. Fairfax. Je vous en prie, dites-
moi la vérité. Je vous jure, s'il le faut, que je
serai discrète. »

Pourquoi l'eussé-je trompée? Je lui dis tout.
Elle joignit les mains et fondit en larmes, en
marchant de long en large dans la chambre.

« Lui, marquis! répétait-elle ; que c'est beau,
que c'est noble de sa part de s'être conduit
ainsi! Tant de générosité, tant de délicatesse!
Ah! vraiment, c'est admirable.

— Parlez-vous de lord Fairland ? demandai-
je; car ces exclamations, cette émotion étaient
pour moi autant d'énigmes nouvelles.

— Mais oui, de lord Fairland... le mari de
ma sœur, » répondit-elle, en continuant de
pleurer.

Il y eut un long silence, durant lequel je
repassai tous les changements à vue qui s'opé-
raient devant moi depuis deux jours. Lord Fair-

land était marié, mais il ne l'était pas à Ada, et
Ada avait été calomniée par lord Sternmouth.
Mon cœur battait de joie, et il s'écoula quelque
temps avant que je me sentisse en état de questionner miss Mildmay sur ce qu'il me restait à
apprendre.

« Ainsi votre sœur a épousé lord Fairland?
dis-je, pour renouer la conversation.

— Oui, reprit-elle en s'essuyant les yeux.
Ma sœur et moi sommes filles d'un *clergyman* ;
nous sommes jumelles et nous ressemblons tant,
qu'à moins de nous voir ensemble on ne peut
reconnaître l'une de l'autre. Mon père est mort
il y a quelques années, et Amy s'éprit d'un
jeune homme nommé Georges Blake, qui se
disait officier , mais qui était en réalité sans
position et sans fortune. Ma sœur ne sut cela
qu'après l'avoir épousé et lui proposa alors
d'employer une petite somme que nous avait
laissée mon père, à monter une boutique de
gants. Il accepta; mais c'était un ivrogne, et sans
sa mort, qui fut causée par un accident de chemin de fer, ma pauvre sœur, bien certainement,
aurait été forcée de divorcer. Amy était avec lui

dans le train lorsqu'il fut tué; elle fut défigurée, blessée aux yeux, et les médecins, pendant longtemps , crurent qu'elle ne recouvrerait jamais la vue.

— Et le mariage de lord Fairland? interrompis-je.

— Ayez un peu de patience, fit Ada; j'y arrive. Peu de temps avant cet accident, lord Fairland entra un jour dans la boutique, tout à fait par hasard, pour acheter des gants, et frappé sans doute de la beauté d'Amy, il revint plusieurs fois, en se donnant à nous pour un habitant de notre quartier. Il était évidemment épris de ma sœur; et elle, de son côté, sans faillir toutefois à ses devoirs, n'était peut-être pas insensible à ses prévenances, car un de ses chagrins, en se voyant défigurée, était la peur qu'il cessât de l'aimer. Cette crainte a même failli la rendre folle. Mais il s'est conduit noblement. Bien qu'elle eût beaucoup perdu de sa beauté et que, comme je viens de vous le dire , sa raison elle-même fût menacée, il l'a épousée dès que la chose a été possible, et je me figure que, s'il lui a caché sa qualité, c'est qu'il craignait de l'émouvoir davantage en lui révélant le sacrifice qu'il lui faisait. Il s'est dit commis voyageur.

— Il a agi en galant homme, m'écriai-je.

— N'est-ce pas? fit-elle. Et si vous saviez de quelle tendresse il entoure ma sœur. Il passe tous les jours trois ou quatre heures avec elle; il exauce ses moindres désirs ; il est aux petits soins pour elle. Maintenant que je sais qui il est et que je me rappelle sa conduite envers Amy, mon admiration ne connaît plus de bornes.

— N'a-t-on pas l'espoir de rendre la vue à lady Fairland? demandai-je.

— Elle a recouvré la raison, répondit Ada, mais elle n'y voit pas encore très bien. Le médecin, cependant, ne doute pas de la guérir. »

Ada Mildmay avait repris son éloge de Fairland, quand un coup de sonnette se fit entendre, suivi aussitôt d'un bruit de pas. C'était le marquis. Il alla tout droit à la bibliothèque, ouvrit la porte et s'écria, sans paraître autrement surpris :

« Eh bien, Ada, vous avez donc tout découvert?

— Oh! lord Fairland, dit-elle en se jetant
dans ses bras, j'aurais dû deviner depuis longtemps que vous n'étiez pas ce que vous disiez
être.

— Voilà un compliment qui ne flattera pas
les commis voyageurs, reprit-il en riant et en
embrassant sa belle-sœur. Mais, de grâce, ne
m'appelez plus lord Fairland ; j'aime mieux
mon nom de Charles. »

Puis, se tournant vers moi, il ajouta :

« Ayez la bonté, mon cher Franck, d'aller dire
à lord Sternmouth que je serai chez lui avant
une heure. J'ai quelqu'un à lui présenter. »

La physionomie du marquis était si calme, le
timbre de sa voix si naturel, que je n'avais plus
à craindre qu'une entrevue entre lui et son
oncle dégénérât en scène violente. Je regardai
du coin de l'œil Ada, qui rougit un peu, puis je
me rendis à Downingstreet [1], et j'annonçai au
premier ministre la visite de son neveu. Il était
dans son cabinet, entouré de plusieurs grands
seigneurs, avec lesquels il devait dîner, et parut
étonné de ma communication. Mais comme

1. Résidence du premier ministre.

j'allais, sur sa demande, lui en dire sommaire-
ment la cause, Fairland, qui m'avait suivi en
voiture, se fit annoncer brusquement :

« Le marquis et la marquise de Fairland ! »

Tout le monde dressa la tête, et les yeux se
tournèrent vers la porte par laquelle entrait
lord Fairland, donnant le bras à une femme
voilée. Elle avait devant les yeux un bandeau
de gaze bleue, et le marquis épiait ses pas avec
une sollicitude vraiment touchante.

« Messieurs, fit-il quand ils furent au milieu
de la salle, je vous présente ma femme, la marquise de Fairland ! »

. . . .

Inutile d'ajouter, je pense, que mon cousin
et moi sommes maintenant beaux-frères. J'ai
épousé Ada Mildmay.

LE BON JIM

Fliche! Flache! faisait cet affreux chien, en
trottant dans la boue, les oreilles pendantes, la
queue entre les jambes.

« Oh! la vilaine bête! » dirent deux jeunes
blanchisseuses qui reportaient le linge de leurs
clients.

« Va-t'en, affreux roquet! » cria un charre-
tier, en faisant claquer son fouet.

Mais l'animal n'y prit pas garde. Il allait
tranquillement son petit bonhomme de chemin,
sans s'inquiéter de ce qu'on pouvait dire ou
penser de lui, et ne s'arrêtait qu'aux endroits où
des embarras de voitures, produits par des croi-
sements de rues, l'empêchaient de passer.

Jamais je ne vis plus vilain chien. Il était
maigre et décharné. Son poil était d'un gris
sale et manquait en plusieurs endroits. Qui pis
est, rien n'indiquait que son état présent ne
fût pas chez lui un état chronique. Il avait l'air
au contraire d'avoir toujours été mal tenu, mal
élevé, de n'avoir jamais eu ni feu ni lieu,
d'avoir vécu toute sa vie d'os et de croûtes de
pain trouvés dans le ruisseau. Oui, c'était vraiment une affreuse bête.

Je fus surpris pourtant de le voir trottinant
aussi obstinément au milieu de la rue, alors
qu'il eût été plus à son aise sur le trottoir; il
était tout petit, et, en rasant les magasins, il
aurait pu passer inaperçu, sans s'exposer à être
maltraité par les cochers ou écrasé par les voitures. Mais non, il préférait patauger dans la
boue, et il allait droit devant lui, sans regarder
ni à droite ni à gauche, comme s'il eût su son
chemin.

Je m'occupe d'ordinaire si peu des chiens,
que je ne vois pas trop en vérité pourquoi je
fis attention à celui-ci. Il avait un collier auquel était attaché un panier. Ce fut là sans

doute ce qui me frappa; car un chien qui porte
un panier est, ou un chien qui fait les commissions, ou une bête qui a quitté son maître
et qui ne sait plus où aller. Or, si ce pauvre
roquet faisait les commissions, comment ne le
nourrissait-on pas mieux? Et, s'il s'était enfui
de chez son maître, quelles misères, grand dieu!
il avait dû subir avant de se résigner à prendre
la clef des champs pour devenir un failli chien
errant? Ces questions m'intriguèrent, et j'eus
la fantaisie de suivre l'animal.

Nous nous trouvions dans cette grande rue
de Londres qu'on appelle Oxford street, et il
semblait aller vers le viaduc d'Holborn. Le ciel
était couvert; le brouillard épaississait peu à
peu; les passants avaient l'air transi. Quelques
boutiques étaient déjà éclairées, car la nuit se
faisait, et le mélange de la lueur du gaz avec
l'éclat plus vif des grilles de charbon de terre
qui brillaient au fond des rez-de-chaussées,
donnait à l'atmosphère cette teinte d'un gris
rougeâtre qui ne se voit qu'à Londres les jours
de brume. Le chien, lui, poursuivait son chemin, sans se soucier des omnibus qui le frô-

laient, ni des marchands ambulants qui ju-
raient après lui, ni même des autres chiens qui
s'arrêtaient en le voyant, dressaient la tête et le
regardaient, l'air étonné. Il me fallut presser
le pas pour le suivre. Ce diable d'animal allait
un train de poste, et, sans la manie qu'il
avait de toujours se tenir au milieu de la rue,
j'eusse certainement fini par le perdre de
vue. Nous passâmes Andley street, Duke street
et bien d'autres, et arrivâmes enfin en face
d'une rue étroite, dont je ne sais plus le nom,
qui débouche dans Oxford street. Là, il hésita
un instant et parut se demander ce qu'il avait
à faire. Il fit quelques pas en avant, retourna
en arrière, flaira de droite et de gauche; puis il
se lança résolument dans la rue de traverse et
continua de trotter.

La rue était déserte. Le brouillard, le froid,
une pluie fine qui commençait à tomber,
avaient fait fuir les rares habitués des échoppes
en plein vent qu'on rencontrait de ci de là. Un
pauvre diable qui toussait à faire peur, de vieil-
lesse et de misère, en ramassant des débris de
bouteilles, fut le seul être vivant que j'aperçus.

Le chien courait toujours. Je songeai que peut-
être il demeurait de ce côté, que tout à coup
sans doute je le verrais disparaître sous une
porte quelconque, après l'avoir suivi pour
rien. Mais non; arrivé devant une écurie située
en face d'un grand *public-house* [1], il ralentit le
pas, et puis s'arrêta court.

Une écurie est rarement vide, surtout une
écurie « pour chevaux et voitures de louage »,
comme l'était celle-ci. Les palefreniers vont et
viennent; les cochers cirent les harnais; d'autres jettent des seaux d'eau sur les voitures.
Au moment où le chien s'arrêta, on était en
train d'atteler un *brougham*. De l'autre côté de
la rue, sur le seuil du *public-house*, un homme
en bras de chemise, qui fumait une longue pipe
en terre, échangeait des quolibets avec les individus occupés à la voiture. L'animal, jusque-
là immobile, se dressa tout à coup sur ses pattes
de derrière et se mit gravement à marcher en
rond.

L'homme en bras de chemise poussa une
exclamation. Les autres levèrent la tête et lais-

---

1. Marchand de bière.

sèrent là le coupé pour mieux voir. Des voisins accoururent, attirés par les rires, et il y eut bientôt tout un cercle de curieux.

Lui paraissait ravi de se voir entouré : sa queue s'agitait, ses exercices devenaient plus animés et plus variés. Il fit cinq tours de suite, raide comme un soldat, tâchant de nous faire rire ; et je ris, pour ma part, le plus haut que je pus, afin de l'encourager, la pauvre bête, bien que j'eusse plutôt envie de pleurer. C'était vraiment chose émouvante de voir ce pauvre animal exécutant avec ce sérieux les tours que son maître lui avait enseignés, et, qui plus est, faisant cela de lui-même, dans un but que, sans doute, lui seul connaissait. Après avoir pris quelques instants de repos, il se remit à sa gymnastique et marcha, cette fois, sur ses pattes de devant, la tête en bas. Quelle bonne figure ! quelle tête intelligente ! comme ses bons yeux nous disaient bien : « Je vous en prie, messieurs, ne troublez pas mes exercices ; je ne les fais pas pour m'amuser. » Quand il fut par trop las, il vint au milieu de notre cercle, se coucha tout de son long, feignant d'être

mort. Il s'agita, il respira plus vite, il souffla
bruyamment, il eut des convulsions dans la
mâchoire, et cette pantomime fut si expressive,
qu'il y eut une femme qui s'écria en s'essuyant
les yeux : « La pauvre bête! »

La pluie tombait toujours, mais personne ne
faisait mine de s'en aller. Seulement le chien
se releva et se secoua, pour indiquer que le
spectacle était fini. Il nous avait fait tous ses
tours, et s'avançait maintenant pour recevoir
son salaire. De nouveau, il se mit sur ses pattes
de derrière et s'approcha de chacun de nous,
séparément. Ce fut devant moi qu'il s'arrêta
d'abord. Il me regarda d'un air suppliant et
suivit des yeux le mouvement de ma main,
comme pour s'assurer que je la portais bien à
mon gilet. Le panier suspendu à son cou avait
un couvercle muni d'un trou, par où on laissait
tomber l'argent. J'y mis un *shilling*, et me bais-
sai pour lire une sorte d'écriteau également
attaché au collier de l'animal. « Ce chien, y di-
sait-on, appartient à un pauvre homme malade
et sans ressources; il gagne le pain de son
maître. Braves gens qui le rencontrerez, laissez-

le rentrer chez lui. » Le chien me remercia en agitant sa queue, puis il passa à mon voisin, et comme l'homme, en somme, vaut mieux qu'on ne pense, tous les spectateurs lui donnèrent quelque chose, même cet individu en bras de chemise, qu'à sa mine j'eusse cru dur et sans cœur. Alors l'animal aboya deux ou trois fois pour prendre congé de nous, et se remit en route au même pas qu'auparavant.

Il descendit la rue, et je le suivis ; mais, quand nous fûmes revenus dans Oxford street, il accéléra son allure et prit bientôt le galop, comme si sa journée eût été finie et qu'il lui eût tardé de se retrouver chez lui. La nuit était tout à fait venue; je vis de suite que je ne pourrais pas suivre à pied, bien longtemps, mon énigme à quatre pattes, et je sautai dans une voiture en disant au cocher, non sans l'étonner fort, de suivre l'animal.

Il y a loin de l'endroit d'Oxford street où nous étions, au viaduc d'Holborn, où le chien nous mena. Pourtant il ne s'arrêta pas, et il ne regarda pas autour de lui une seule fois. A tout instant, je le croyais sur le point d'être écrasé

par une voiture; il s'en tirait toujours. Avec un
instinct merveilleux, il passait entre les roues,
même entre les jambes des chevaux, sans jamais s'accrocher à rien, allant toujours un
train d'enfer, tellement que je me demandais
s'il n'y avait pas en lui du juif errant, lorsqu'il
tourna brusquement à gauche pour pénétrer
dans le quartier le plus pauvre et le plus misérable de tout Londres.

Il y avait là un tas de gens de mauvaise mine
à la porte des *public-houses* ou autour des char-
rettes des marchands ambulants. Le chien pressa
le pas, comme s'il eût craint davantage pour son
panier, et s'engagea bientôt dans une rue si
étroite, qu'une voiture n'y pouvait pas passer.
Je payai mon cocher et descendis. La ruelle était
affreuse, sombre, dégoûtante; peu m'importait.
Là où irait la bête, je la suivrais. Elle prit un
long couloir, traversa une cour, arriva au bas
d'un escalier et commença à monter, toujours
en trottinant. Je frottai une allumette et en-
flammai un bout de papier pour m'éclairer. A
la vue de la lueur, l'animal s'arrêta et poussa
un grognement plaintif; mais son instinct lui

dit sans doute qu'il n'avait pas à avoir peur de
moi, car, au premier geste d'amitié que je lui
fis, il accourut et se mit à sentir le bas de mon
pantalon. Alors il continua à monter l'escalier
et atteignit le dernier étage, sans s'inquiéter si
je l'accompagnais.

Au loquet d'une porte était attaché un gros
nœud ; il le saisit entre ses dents, tira, ouvrit et
entra avec moi.

Dans un goulot de bouteille, brûlait un bout
de chandelle. Une casserole vide gisait près
d'un foyer sans feu. Des vêtements en guenilles
pendaient le long d'une chaise. Des morceaux
de plâtre, détachés du plafond, étaient épars
sur le plancher. Enfin, dans un coin, j'aperçus
une paillasse vers laquelle le chien s'élança.
On y voyait à peine ; je ne distinguais plus l'animal, mais je l'entendais qui se frottait contre
quelqu'un sur le grabat et qui poussait de petits
cris de tendresse auxquels une voix répondait :
« Le bon chien ! Oh ! le bon Jim ! le bon Jim ! » fit
la même voix, une voix de malade évidemment,
car elle était si faible qu'elle arrivait difficilement à moi. Puis elle compta : « Un, deux !...

oh! un schilling, mon Jim... un schilling trois *pence*... un schilling neuf *pence*... deux schillings... oh! encore un schilling!... trois schillings... mon vieux Jim! »

Ici la voix poussa un cri.

« Qui est là? dit l'homme en cachant son argent et en me regardant avec des yeux hagards.

— N'ayez pas peur, fis-je. Je suis un ami, j'ai suivi votre chien, et vous me voyez prêt à vous venir en aide. »

C'était un homme de cinquante ans, pas davantage, car il n'avait pas les cheveux gris. Mais il était si maigre, ses joues étaient si creuses, ses yeux si éteints, qu'on eût pu le prendre pour un vieillard.

Mon ton et mes manières parurent le rassurer; pourtant, il continua de cacher son argent.

« Je suis bien malheureux, monsieur, reprit-il, oui, bien malheureux. Je n'ai rien que ce chien pour me gagner ma vie, et ce n'est pas grand'chose, car il s'amuse souvent et rentre plus d'une fois avec un panier vide.

— Votre chien ne s'amuse pas en route, répondis-je. C'est une bonne bête. Ne vous rapporte-t-il pas aujourd'hui plus de trois schillings?

— Oh! non, monsieur, c'est trois *pence*, fit le malheureux, oui, trois *pence*, je vous l'assure, pas un sou de plus.

— Je ne viens pas vous prendre votre argent, répétai-je en voyant qu'il se défiait encore de moi. Vous êtes malade; je vous soignerai. Voulez-vous que j'aille chercher le médecin?

— Oh! non, monsieur, non, non; je n'ai pas d'argent à lui donner. Allez-vous-en, je vous en prie. Je n'ai rien qu'un rhume, cela passera; demain, je serai tout à fait bien. »

Le chien continuait à le lécher. Je me rappelai que la pauvre bête n'avait pas mangé.

« Votre chien doit avoir faim, dis-je. Voulez-vous que je lui donne l'os qui est là, dans l'assiette? Il l'a bien gagné.

— L'os de l'assiette! non, non; n'y touchez pas, monsieur. C'est mon souper de ce soir. Si vous le lui donnez, moi je mourrai de faim.

— Je vous achèterai quelque chose, » lui répondis-je.

Et, prenant l'os de l'assiette, j'appelai Jim pour le lui donner.

Mais, au lieu d'accourir, l'animal regarda anxieusement son maître, comme pour lui demander ce qu'il avait à faire.

« Non, Jim, fit l'homme ; c'est impossible. »

Et Jim détourna la tête.

« Y a-t-il longtemps que vous êtes malade, demandai-je.

— Plus de deux mois, monsieur, répondit l'homme en m'arrachant l'os des mains pour le mettre sous son traversin. Un jour, mon chien est sorti et m'a rapporté un *penny*. Depuis, il s'en va chaque matin avec un panier que je lui ai acheté ; mais c'est un paresseux. Il ne me gagne presque rien, à côté de ce qu'il me rapportait quand j'allais avec lui ; il s'amuse, au lieu de faire ses tours ; c'est une mauvaise bête, allez, croyez-le bien. »

Mais pourquoi prolonger le récit de ce dialogue ? Rien n'est plus affligeant que le spectacle de la misère unie à l'abaissement moral. Il était riche, cet homme de la mansarde, du moins relativement ; il s'était fait avec son chien

une petite fortune, et sa maladie, loin de
l'avoir ruiné, avait plutôt ajouté à ses ressources. Le chien gagnait, livré à lui-même,
plus qu'il n'avait jamais fait avec son maître.
Tous les matins, il partait avec son panier autour du cou, et il revenait, le soir, avec une
bonne collecte. Ce furent les voisins qui me
contèrent cela : de braves gens, s'il en fut
jamais, qui feignaient de croire aux histoires du
malade, pour qu'il les laissât le soigner.

Il y a plus de délicatesse et d'humanité qu'on
ne le pense dans les classes inférieures. Ces
voisins de l'homme au chien, pauvres pour la
plupart, prenaient soin de lui avec une sollicitude touchante. Ils lui achetaient ses provisions, ils lavaient son linge, et, quant à son
argent, personne ne songeait à le lui prendre,
bien qu'il fût à la merci de tous.

« Il n'en a pas pour longtemps, me dit l'un
d'eux, et ce qu'il a gagné passera peut-être à
quelqu'un qui saura en faire un meilleur usage.

— Et le chien ? demandai-je.

— Le chien ne vivra pas longtemps, monsieur, quand il n'aura plus son maître. »

Cet homme disait vrai. J'envoyai chercher un médecin, une garde; mais leurs efforts et leurs soins furent inutiles. Le malheureux vécut une semaine encore, et le chien s'en allait chaque matin, comme d'habitude, pour ne rentrer qu'à la nuit, son panier toujours bien garni. Quelquefois je m'amusais à le suivre, et, comme il m'avait vu près du lit de son maître, il agitait sa queue en m'apercevant, puis reprenait ses tours ou sa promenade. Un soir, quand il revint, la paillasse était vide; mais il y avait dans la chambre une grande caisse noire, et il alla se coucher à côté, devinant qu'elle contenait le corps de son maître. Lorsqu'on vint pour l'enlever, il la suivit, et il alla jusqu'au cimetière, où je fus avec le fossoyeur le seul témoin de cette triste scène. Alors il me regarda d'un air inquiet, comme pour me demander ce que signifiait cette fosse où l'on descendait son maître, et se mit à gémir en entendant tomber la terre sur le cercueil. Je le pris dans mes bras et l'emportai chez moi; mais il ne voulut rien manger, et, le lendemain matin, je vis qu'il cherchait son panier et qu'il voulait sortir. Pourquoi

l'eussé-je retenue, la pauvre bête? Je lui mis
son collier et lui ouvris la porte; mais, pré-
voyant ce qui arriverait, j'allai le soir au cimetière.

Il y arriva à la nuit, son panier plein comme
d'habitude, et parut content de me retrouver là.

« Viens, mon bon Jim, » lui dis-je les larmes
dans les yeux, en le caressant sur la tête.

Il poussa des gémissements et se mit à gratter
la terre. Je pris son panier, le vidai sur la
tombe ; il consentit alors à rentrer avec moi.
Deux jours de suite, il refit sa tournée, chaque
fois retournant au cimetière où j'avais soin de
l'attendre pour mettre son argent sur la fosse
de son maître. Mais quand il vit ses *pence* de-
meurer là intacts, il ne demanda plus son panier, et, peu après, il était mort.

FIN

TABLE DES MATIÈRES

FIN DE LA TABLE DES MATIÈRES.

Coulommiers. — Typographie Paul BRODARD.

Liban. —
Currer Bell. —
— Le Prof...
Dickens (Cha...
de M. Pick...
— Bleak H...
— David Co...
fils. 3 v. —
gasin d'antiqui...
cués. 1 v. — N...
ver Twist. 1 v. —
v. — Vie et...
mort. 2 v. — L...
L'Ami commun.
Dickens et Collins.
Disraeli : Sybil. 1.
Douglas Jerrold :
Freytag (G.) : Doit...
Fullerton (lady) : L'é...
Hélène Middl...
Gaskell (Mrs) : Œuvr...
1 v. — Marie Bar...